金の比翼は世界の彼方に

夢乃咲実

幻冬舎ルチル文庫

CONTENTS

✦目次✦

金の比翼は世界の彼方に

✦カバーデザイン＝コガモデザイン
✦ブックデザイン＝まるか工房

イラスト・サマミヤアカザ✦

金の比翼は世界の彼方に

草原の朝は早い。

日が昇りかけるのと同時に人々は起きだし、一日の支度をはじめる。

身支度をし、それからまず馬や羊などの家畜の世話をし、それからようやく朝食だ。

朝食後は、季節によって男たちは放牧や馬の調教、畑仕事、鞍《くら》や武具作りなど、女たちは機織《はたお》りや食料の備蓄の準備など、一日中休む暇もない。

そういった労働が、日々の暮らしを支えている。

それはこの、王都でも同じことだ。

身体《からだ》は自然に、起きるべき時間に起きるようになっている。

アルトゥはその時間にきちんと目覚め、起き上がり、身支度をはじめた。

ここは、普通の幕屋ではない、「王の幕屋」の一角だ。

木枠とフェルトでできているという意味では草原に数多《あまた》ある幕屋と基本的に同じだが、王都の中心にあり、多くの幕屋を連ねた巨大な幕屋は、他にはないものだ。

とはいえ、その巨大な幕屋の大部分は会議や儀式に使われる公的な場所で、王の私的な部分は、奥まった、ごく限られた範囲だ。

そしてアルトゥは、その限られた範囲の中で寝起きする、特別な身分を与えられている人間の一人だ。

年は二十五。

淡い草色の、立ち襟《えり》の木綿の服は、草原のごく標準的なものだ。

フェルトの靴も、刺繍《ししゅう》をほどこした帯も、特別華美なものではない。

少し茶色がかった、さらりとした細絹の髪は頸《くび》の後ろでひとつに縛り、そして額には、銀細工の細い輪がはめられている。

それは、草原の部族の、族長の直系である証《あかし》だ。

かつてはそれぞれの部族の中で特別な地位にある者を表すしるしだったが、一人の王を戴《いただ》く世になってからは、「どこかの部族の族長の家族」を意味する程度の、習慣的に身につけるものにすぎなくなった。

部族ごとに放牧の暮らしをし、時には部族同士が対立し、戦い、領地や家畜を奪い合うような暮らしが、一人の「王」の登場で劇的に変わってから数年になる。

草原を狙《ねら》う東の大国に対抗するため、草原の民はひとつにまとまらなくてはという王の呼びかけに応え、紆余曲折ありつつも草原はまとまり、東の大国を追い払った。

そして、東西の国々と対等な関係を結ぶために、常に「王」が存在する場所としての「都」を造ることになり、この「王都」が誕生したのだ。

とはいえ、王は他の国々と同じような石造りの都を建設中であり、この、幕屋を連ねたいわば「仮の王都」で過ごすのも、あとわずかとなっている。

アルトゥは、幕屋の中を部屋部屋に仕切る厚地の垂れ幕の外に出ると、少し離れた、別の垂れ幕の前で声を出した。

「セルーンさま、お目覚めでしょうか」

「ええ」

即座に答えが返ってきたので、アルトゥは静かに垂れ幕を捲《まく》った。

厚地の垂れ幕は、寒さや熱さだけではなく、中の気配や声を遮るようにできている。

一枚なら少し声を張れば通るが、二枚を隔てれば、ほとんど気配は洩《も》れない。草原の暮らし独特のものだが、間もなく石造りの王都に移れば、木の扉を使うようになるのだろう。

中には、アルトゥと同じようにすでに身支度を調えた、一人のすらりとした青年の姿があった。

セルーン・サルヒ。

「王と馬を並べる者」という称号を持つ、特別な存在だ。

年はアルトゥより四つほど下で、やわらかく波打つ髪、長い睫毛《まつげ》にふちどられた夢見るような瞳《ひとみ》を持つ美しい青年だが、決して女性的ではない。

弓の名手でもあり、戦となれば王と馬を並べて勇ましく戦う草原の男だ。

そして、アルトゥが最側近として仕える相手でもある。

「よくお休みになれましたか」

アルトゥは、自分が入ってきたのとは反対側にある、奥の間に続く垂れ幕のほうに視線をやらないようにしながら尋ねた。

奥は寝室で、そのさらに反対側は王の私室に通じている。

つまり、セルーンと王は、それぞれの私室の真ん中にある、寝室を共有する関係なのだ。

「ええ」

セルーンはやわらかに微笑《ほほえ》んで答える。

その顔は、昨夜王に愛されたのか、それともただ隣で眠っただけなのか、などという下世話な想像を寄せ付けないものだ。

「それはよろしゅうございました。では御髪を」

アルトゥがそう言うと、セルーンは頷《うなず》いて布張りの、背もたれのない椅子に座り、アルトゥはその背後に回って、傍《かたわ》らの台に配された櫛《くし》を手に取った。

少し癖のある長い髪を梳《と》き、まとめて頸の後ろで革紐《かわひも》で縛る、それがアルトゥの毎朝の仕事だ。

セルーンは身支度をすべて自分でしてしまうのだが、アルトゥが側仕《そばづか》えになったとき「せめて私の仕事をひとつ残してください」と、これだけは残してもらうことにしたのだ。

王は、妻を持たない。

もちろん、側室も持たない。

草原の部族をまとめて「王」になりはしたが、自身の血統による「王朝」を築く気はない、自分の死後は会議で新しい王を選ぶべきだ、という理念があるからだ。

そして妻の代わりに、セルーンに「王と馬を並べる者」という、公式の特別な地位を与えて、こうして寝室もともにしている。

もともと草原で言う「馬を並べる関係」というのは、親しい男同士が結ぶ特別な関係だ。

互いをただ一人の相手として選び、実の兄弟よりも大切にし、尊重し、時には身体を重ね合う。

それでもたいていの場合はどちらかの結婚などで関係は解消され、その後は親友関係に移行することが多いが、まれにそれが、永続的な関係となることがある。

王とセルーンは、そういう関係だ。

噂《うわさ》では、かつて部族同士の争いの結果、王がセルーンの部族の人質となっていたり、逆にセルーンが王の人質となったり、という辛《つら》い関係の中で心が通じ合い、「本物の」関係になったらしい。

王が、王朝を築かず、妻も側室も持たないと決めたのは、セルーンとのそういう関係が先にあったからだとも聞く。

セルーン自身はそういう公式の身分となることに躊躇《ため》いもあったようだが、王の即位から数年を経た今では、多少は不自由な面がある自分の身分を、きちんと受け入れている。

アルトゥのような「側仕え」を置くこともそうだ。

身の回りのことは自分でできても、公式の身分に伴う予定の調整や警備、違う部署との連絡など、どうしても周囲の人間が動かざるを得ない。

煩雑《はんざつ》な予定を把握して儀式にふさわしい衣裳を用意したり、日常の用具を点検して必要に応じて修理に出したり新しく注文したり、健康状態に留意したり、という人間が必要になってくる。

アルトゥはそのために選ばれた「側仕え」だ。

これが女性の妃《きさき》なら、アルトゥも女性で「侍女頭」とでもいう立場になるのだろう。

だがセルーンは男なので、私的な世話をし、時には肌に触れることも必要になる側仕えにも、男であるアルトゥが選ばれた。

同時にそれは、王に対抗してセルーンに懸想する不安のない人選ということでもある。

アルトゥは、この地位に自分を押し込んだ父の言葉を時折思い出す。

「お前は、誰かに感情を動かされるということはなさそうだからな、面白みのない人間だと思っていたが、こういう役にはうってつけだ」

そして、不愉快な企《たくら》みをも口にした。

「王がどうしても男の方がいいと言うのなら、お前に目を留めてくれればそれはそれで面白いのだが。顔立ちだけで言うなら、お前の方が美しいくらいだろう」

確かにアルトゥの顔立ちは、何度か父や兄が「これが女の顔ならいくらでも使い道があっただろうに」と残念がる、いわゆる「美貌」であるらしい。

だがその「美しさ」は硬質なものだ。

細絹の髪、眉の線、切れ長の目、細い鼻筋など、すべてが整ってはいるが直線的で、アルトゥ自身の「愛想のない」性格もあいまって、よく言えば「近寄りがたい」、悪く言えば「とっつきにくい」雰囲気を造り出している。

そしてアルトゥ自身、「美しさ」という言葉を使うのならば、優しくやわらかく、それでいて同時に凛々《りり》しさも併せ持つセルーンのほうが、はるかに美しいと感じている。

そのセルーンの髪を、先端に銀の飾りがついた革紐できゅっと結び、アルトゥは鏡を手にしてセルーンに差し出した。

これも、必要ないと言えばない、一種の儀式のようなものだ。

セルーンは鏡を受け取ってちらりと自分の髪を見やると、鏡越しにアルトゥと視線を合わせ、にっこりと微笑んだ。

「ありがとう、いつも助かります」

アルトゥのほうが年上ということもあるのだろうが、セルーンの言葉遣いはいつも丁寧で、それでいて隔てを感じさせない温かさを含んでいる。

最後に、セルーン自身も自分の部族の族長の子であることを表す銀の輪を額にはめると、身支度は終わりだ。

アルトゥが軽く手を叩《たた》くと、垂れ幕が上がって少年が二人入ってきた。

「おはようございます、セルーンさま」

「おはよう」

セルーンが微笑む。

少年たちは、セルーンが洗面に使った盥《たらい》の水を瓶《かめ》に移し、新しい水の入った瓶を置いて、部屋を出て行く。

「本日は」

アルトゥは少年たちを見送ってから言った。

「新都をごらんになると伺っていますが」

「ええ」

セルーンは頷いた。

「王は早くに発《た》っています。私は昼食を持ってあとから来るように、と。午後の謁見もあちらですませるようです」

それはアルトゥ自身、昨夜のうちに王の側近から聞いていることの確認だ。

「かしこまりました」

アルトゥがそう言って下がろうとすると、

「あの、アルトゥ」

セルーンが呼び止めた。

「よかったら、午後はあなたも一緒に。他に用事がなければ」

アルトゥは思わず、瞬《まばた》きをした。

滅多なことでは表情を変えないアルトゥの、そのわずかな瞬きが驚きを表しているということを、セルーンはすでに理解している。

アルトゥはあくまでも、この「王の幕屋」の中が持ち場で、セルーンが外に出るときの供はまた別の部署の人間だから、「一緒に」と言われることは珍しい。

セルーンが言葉を続ける。

「確か新都の、私の部屋の寸法を確認しておきたいと少し前に言っていたでしょう？　もしまだ行っていないのなら」

確かにそう言った……セルーンに「新都は行きましたか」と問われ、その際に「数度行きましたが、近々もう一度行かなくては」と答えたのだ。

新都への移転を控えアルトゥも普段の仕事に加えてあれこれ忙しく、そういう会話の中での何気ない流れだったのだが、セルーンはそのことを気に留めてくれていたのだ。

アルトゥとしても、セルーンの用事の隙を見て出かけるよりは、セルーンとともに行けるのなら、時間のやりくりをしなくていいので助かる。

「私がお供してよろしいのでしたら」

アルトゥが控えめにそう答えると、セルーンは「もちろんです、ぜひ」と微笑んだ。


「おはようございます、アルトゥさま」

幕屋の外に出ると、王の幕屋周辺で立ち働く人々が挨拶をしてくる。

ほとんどが顔見知りの、衛兵や、下働きの若者たちだ。

アルトゥは軽く頭を下げて挨拶を返しながら、彼らの視線の中を通り抜けていく。

「相変わらずの、氷の美貌」

「あの人が笑うことはあるのかな」

そんな囁《ささや》きが耳に入るのにも、慣れた。

無表情で感情が読めない、うかつに話しかけても冷たい視線が返ってくるだけ、という印象は、ある程度アルトゥが意識して作り上げたものでもある。

王によってまとめられたとは言っても、ついこの間までは部族同士が対立していた草原の民は、完全に「心ひとつ」というわけではない。

東の大国との戦では見事に一体となったかのように見えたが、戦が落ち着き国造りが本格化すると、違う面が表に出てきた。

各部族ごとにいかに自分たちの部族の発言権を増すか、いかに自分たちの部族を優位に置くかという野心に燃えており、足の引っ張り合い、合議の場での衝突などは日常茶飯事だ。

おおらかだと思っていた草原の民が、こうも政治的な民でもあったのかとアルトゥは最初は驚いたが、次第に慣れてきた。

そしてそれを、寂しい、と思うのも確かだが……そういうものなのだ、暮らしが変われば、人々の性質も変わるものなのだ、とも思う。

「アルトゥさん！」

王宮近くの大通りに店を構える銀細工店の前を通ると、店の主人に呼び止められた。

「お預かりしている腕輪、修理できてますよ」

「ああ」

アルトゥは、セルーンの儀式用の腕輪を磨きに出していたことを思い出した。

新都に移ればそれに伴う儀式もある予定で、その準備の一環だ。

この銀細工店は最近店を出したばかりだが、腕がいいという評判だったので試しにひとつ出してみたのだ。

「今お持ちになりますか？　それとも後ほどお届けしますか？」

年配の、目の細い中年の男は愛想よく尋ねる。

アルトゥは、店先に他の客がいないのを確かめ、言った。

「すぐ用意できるようでしたら、今持って帰ります」

「ただいま！」

店主は頷き、幕屋の裏手に引っ込む。

大通りの店は、たいてい通りに面した幕屋の奥に、もうひとつ幕屋を連ねてある。

こういう店構えも、新都に移ったら変わるのだろう。

店主はすぐに、小さな布袋を手にして出てきた。

「お確かめください」

そう言って、布袋から出された腕輪を、アルトゥは手にとって眺めた。

もともと草原には腕のいい銀細工師が多いが、この店もそういう細工師を抱えているのだろう、小さな傷や飾りの歪《ゆが》みが直され、磨かれ、美しい輝きを取り戻している。

「いいようです」

アルトゥが頷いて腕輪を返すと、店主はそれをまた布袋に入れながら、少し声をひそめた。

「よろしければ……アルトゥさんに、これを」

小さな美しい指輪をどこからか取り出し、アルトゥに握らせようとする。

アルトゥはさっと、自分の手を引っ込めた。

「いえ、そういうものは」

「そうおっしゃらずに」

店主は愛想笑いを浮かべる。

「アルトゥさんが高潔な方というのは存じていますが、ほんのご挨拶代わりです。よろしければ、セルーンさまにもよろしくお伝えいただいて、今後ごひいきに……」

「いただけません」

アルトゥはきっぱりと言った。

「腕がいい店なら、今後も仕事はお願いします。ですが私は何も受け取りません。セルーンさまも、ご自分で店は選びません」

そもそもセルーンは、王から贈られたものしか身につけない。

賄も決して受け取らない。

そういうセルーンの、自分の立場を自覚して厳しく自らを律している様子をアルトゥは尊敬しているし、自分もそうあるべきだと思っている。

王都の商人たちには、アルトゥに袖の下を贈っても無駄だということはだいぶ知れ渡っていると思ったのだが、この店主は新顔なのでまだ疎《うと》いのだろう。

「支払いは、この場でいいですか？　割り引かないでくださいね」

そう言って懐から、セルーンのための費用として預かっている銀貨が入った財布を取り出すと、店主はため息をつき、金額を言った。

正当な価格だと思ったのでアルトゥは支払いをし、腕輪を受け取って店を出る。

そこへ、

「相変わらずの石頭だな、アルトゥ」

背後から聞き覚えのある声がして……アルトゥは、一瞬唇を噛《か》んでから、唇の端だけを上げて笑みのようなものを浮かべ、振り向いた。

黒いひげに顔の下半分が覆われた、ずんぐりした中年の男はアルトゥの叔父の一人だ。

「叔父上」

会いたくない相手に会ってしまった、という気持ちを押し隠し、頭を下げる。

さすがに目上の身内にあまり素っ気ない振る舞いもできない。

「セルーンさまのご機嫌はどうだ？」

「お変わりありません」

叔父の問いに、アルトゥは無表情で答えた。

何を聞いても通り一遍のことしか答えません、という意思表示だが、アルトゥを子どものころから知っている叔父はたじろぐことなく肩をすくめてみせる。

「全く、お前の父や兄がお前に何を期待しているのかはよくわかっているんだろうに、お前のその鈍さには恐れ入るな」

鈍い、という言葉の裏に隠されたものは、アルトゥにはちゃんとわかっている。

父がアルトゥをセルーンの側仕えに押し込んだのは政治的に利用できる「情報源」としてだ。

セルーンの日常を探り、王の寵愛《ちょうあい》のほどを見定め、何か少しでも異変があればただちに父か兄に知らせる。

それを期待されているし、さんざん言い含められてもいるのだが、アルトゥは自分のそんな役目に積極的にはなれない。

父や兄の野心に共感できないし……何より、側に仕えるようになってから王とセルーンに対する尊敬は増すばかりで、そんな彼らに私心なく仕えることが誇らしいと感じているからだ。

だが正面切って目上の親族に逆らう勇気もない。

「……お役に立ちたいとは思っているのですが」

アルトゥは静かに、叔父にそう言った。

「思っているのならもっと頑張らねばならんだろう」

叔父は鼻を鳴らしてみせる。

もちろん、部族の長である父の力が増せば、当然一族全体が恩恵に預かれると思っているからだ。

「ご忠告、肝に銘じます」

アルトゥはそう言って頭を下げ、叔父にもわかるように、ちらりと周囲に視線をやった。

通りを歩く人々が、興味津々の面持ちで二人に注意を向けているのがわかる。

路上での立ち話で、これ以上突っ込むわけにはいかないと、叔父も感じたのだろう。

「まあ、頑張れ」

そう言ってアルトゥの肩を叩いて、その場を立ち去っていく。

アルトゥは小さくため息をついてから、意識してしゃんと背筋を伸ばし、つんと顎《あご》を上げて「誰からも話しかけられたくない」雰囲気を出し、次の用事をすませるために歩き出した。


昼前に、アルトゥはセルーンの供をして新都に向かった。

馬で散歩がてらゆるゆると、一刻ほどの距離だ。

セルーンが出かける際の護衛二人が前後につき、アルトゥはセルーンの少し後ろで馬を進めながら、セルーンの姿を見つめた。

セルーンの乗馬姿は美しい。

ぴんと背筋を伸ばし、片手で手綱を緩く握り、前方に視線を据えた姿勢は、たおやかで凜《りん》として、優雅で、生き生きとしている。

それに比べると自分は、おそらく彫像を馬の背に乗せているように見えるのではないか、とアルトゥは思う。

もちろんアルトゥだって草原の民であり、幼いころから馬に慣れ親しんではいるのだが、道を歩いているときと同じように、どこか……人目を意識して感情を殺してしまう癖が抜けていないから、自然体になれないのだ。

「アルトゥ」

幕屋が続く王都を出たところで、セルーンがふいにアルトゥを振り向いた。

「よければ、隣へ」

アルトゥははっとしたがすぐに、話をしたがっているのだろうと察した。

おそらく、人目の多い王都の通りでは、この小さな隊列の中での序列を重んじてみせていたのだろう。

もともと儀式張ったことが好きというわけでもないようだが、自ら引き受けた特別な身分を踏み越えた行動をしないよう自分を常に律している。

アルトゥは自分の馬の鼻先がわずかにセルーンの馬の鼻よりも下がる位置まで馬を進めた。

もちろん、こうして見た目上「馬を並べる」ことと、「馬を並べる関係」であることとは全く違う。

セルーンはアルトゥを見て微笑んだ。

「あまりこうして、一緒に馬で行くことはありませんね」

「はい」

アルトゥは頷く。

「私は、王都の、セルーンさまの場所をお守りするのが役目ですから」

「それはとても助かっています。アルトゥのおかげで、私はあの王都の中で、一人になって寛《くつろ》げる場所を確保できているのだと、つくづく思います」

世辞などではないとわかるので、余計な謙遜の言葉は言わず、アルトゥはただ頭を下げた。

するとセルーンが尋ねる。

「でもアルトゥは……たまには外に出たいと思いませんか？　王都から出て、草原を思い切り駆け回りたいと」

「それは」

アルトゥは言葉に詰まった。

時折、王都の外に出たいという衝動に襲われることがあるのは事実だが、それは押し隠して決して見せないようにしてきた。

それは「駆け回りたい」というのとは、少し違う。

ただ馬に乗って駆けるのではなく……どこか遠くへ行きたい、という思いだ。

アルトゥが押し隠して悟られまいとしているのは……自分の居場所は、どこか他にあるのではないか、という思いなのだ。

だが他のどこなのかわからないし、自分がどこに行きたいのかもよくわからない。

それに人間というものは、自分で自由に生きる場所を選べるものではない、ということもよくわかっている。

王とセルーンだってそうだ。

本物の「馬を並べる関係」である二人は、立場も身分も忘れて二人きりで草原を駆けたいと思うことがあるに違いない。

だが「草原の民を、外敵から守るためにひとつの国を造る」という理想のために、そういう個人的な欲求は脇に押しのけている。

そういう二人をアルトゥは尊敬しているから、父の思惑で押し込まれたかたちの今の仕事に、誇りと喜びを感じているのだ。

「私は……今の生活に満足しています」

アルトゥは頭を駆け巡った考えを、単純なひとつの結論として、言った。

「もちろん……たまにこうしてお供できるのも嬉《うれ》しいですし……新都に移るのも楽しみですし」

心の奥底に「でも、それだけではなくて」と言いたがっている何かがあるような気がするのは、無視する。無視できる。

「そうですか」

セルーンはわずかに首を傾《かし》げた。

「確かに草原の民も意外に定住に適応して、定住を好む人々も多いと感じています。そういう人は今の、仮の王都の暮らしを楽しんでいますし……草原の暮らしの方が合っていると思う人は草原に居場所がありますね」

そう言ってから、アルトゥの目を見つめる。

「アルトゥは、頭がよくて、冷静で、公平で、私よりもずっと大人で……頼りにしています。でももし、今の仕事以外に望みがあれば、遠慮なく言ってくださいね」

それは考え抜いた言葉、アルトゥにいつかきちんと言っておこうと思っていた言葉だ、とアルトゥは感じた。

ということは……

「セルーンさまは……私が今の仕事に向いていないとお感じですか」

躊躇いながら尋ねると、セルーンは驚いたように首を振った。

「いいえ、まさか。アルトゥ以外の人など想像できないくらいに、助かっています」

そう言ってから言葉を探し、付け加える。

「ただ……もしあなたに、他の望みが出てきた場合は……遠慮なく打ち明けてほしいと思っている、と……それだけ心に留めておいてほしいと思っただけです」

それは、セルーンの優しさであり気遣いだ、とアルトゥにはわかった。

「それでは」

アルトゥはきっぱりと言った。

「少なくとも今のところは、そして当分の間は、ご心配いただくような事態にはならないと思っていただいて結構です」

「わかりました」

セルーンが頷いたとき……

「セルーンさま、王です」

前を歩いていた護衛が、前方に注意を促した。

見ると、石造りの建物が見え始めた地平に、騎馬の男が数人見える。

先頭にいるのは、王だ。

まだ若い、三十に届いていないはずの王の均整の取れた長身は遠目にもすぐわかる。

と、王の乗る黒い馬が、こちらに向かって駆けだしたのがわかった。

「行きます」

セルーンの声がひときわ軽く、明るくなり、そして馬の手綱を握り直す。

あっという間にセルーンはアルトゥと護衛たちを置いて、前方に走り去った。

アルトゥたちも王の連れたちも、敢《あ》えて後は追わず、二人が両側から近付いていくのを見守る。

みるみる近付いた二人が、危うくぶつかりそうな距離で見事に馬を止め、そして王が広げた両腕の中に、セルーンが飛び込んだのが見えた。

アルトゥたちが馬の歩調を緩めてゆっくりと近付く間に、王とセルーンが何か言葉を交わし、微笑み合ってるのがわかる。

しかし、会話が聞こえるくらいの距離にアルトゥたちが近付くころには、セルーンは自分の馬上に戻っていた。

しかし二人の瞳は……セルーンだけでなく、いつも厳しく真剣な表情を崩さない王の、灰色の瞳さえ、どこか弾んだきらめきを浮かべているのがわかる。

この二人が、本当に愛し合っている恋人たちなのだと改めてわかる、こんな表情を目撃できるのは側仕えの特権だ。

「よく来たな、アルトゥもか」

王がアルトゥを見て言葉をかけ、アルトゥは頭を下げた。

「セルーンさまのお言葉に甘えてお供致しました」

王は頷く。

その隣に並ぶセルーンが、頰《ほお》を紅潮させ、瞳が嬉しそうに生き生きしているのがわかる。

そしてその王の背後には三人の男がいた。

二人は、革鎧《かわよろい》を着た王の護衛だ。

そしてもう一人は……少し変わった風体の男だった。

体格は王に劣らぬ背丈はありそうな、骨組みのしっかりした男らしいものだ。

着ているのも立ち襟の、草原ふうの服だが……それよりも目を惹《ひ》くのは、異国ふうにゆる

く無造作に頭に巻き付けられた、布だ。

そこから草原の民としてはかなり明るい色の髪が、一筋零《こぼ》れている。

顔立ちは、いくぶん目から鼻にかけての線がくっきりとしてはいるが、草原の顔立ちと言えば言えるような雰囲気。

草原の男なのか、西から来た異国の男なのか、瞬時には判別がつかない不思議な空気を纏っている。

そしてアルトゥは、この男に見覚えがあった。

王都には東西から商人が交易に来るし、これまで草原にはなかった石の新都建造のため、異国の技師や職人も入り込んできている。

だが男は、そのどちらでもない。

王の幕屋に出入りしている……つまり、王と直接言葉を交わすことのできる身ではあるが、公式の地位や身分があるわけではない。

王の回りにはそういう男たちが数人いて「王の密偵」という言葉で知られている。

密偵と言っても、草原の民の中のあれこれを探ってあげつらうのではなく、他国に送り込んで様子を探らせたり、時には正式な外交の前の根回しをさせたりするための、王直属の、王に信頼されている側近だ。

その中でもこの男の異国ふうの風采は人目を引いたが、アルトゥは「見たことがある」というくらいで、直接会話をしたことは一度もない。

「そちらはムラトが一緒だったのですね」

セルーンがその男と王を半々に見ながらそう言った。

ムラト、というのがその男の名らしいが、その音は草原の響きではない。

「久しぶりですね。しばらくは都にいるのですか？」

セルーンの問いに、ムラトという男は、わずかに茶色がかった、明るい、人なつこい瞳に茶目っ気のある笑みを浮かべた。

「王がしばらくいろとおっしゃれば」

遠慮のない、かしこまらない口調だ。

王が苦笑する。

「それはわからない。必要があれば、明日にでもどこかへ行ってもらわなくてはならない」

「少しは休ませてあげてください」

セルーンが王を責めるのではなく、ムラトへのいたわりを含んだ口調でそう言い、アルトゥは、ムラトという男は王だけでなくセルーンの信頼も得ているのか、と思った。

「いやいや、あっちこっちふらふらするのは性に合ってるんで」

ムラトはそう言ってから、セルーンの背後にいたアルトゥを見て、にっと笑う。

「そしてそちらはアルトゥさんですね。王都でも随一と評判の、氷の美貌を間近で見られるのは嬉しいな」

アルトゥは思わず眉を寄せた。

王の前で「美しい」と表現されるのは、セルーン一人であるべきだ。

王やセルーンの前で、こんなふうに臆面もなく「氷の美貌」などと本人としては好きでもない表現で褒めるなど、失礼極まりない。

「……アルトゥです」

アルトゥはそっけなく、軽く頭を下げてからセルーンを見た。

「よろしければ、私はここから一人で、必要な場所を見に行きたいと思いますが」

王とセルーンが珍しく外でゆっくり過ごしたいのなら、遠慮するのが側近の気遣いというもので、ムラトにもそれくらいわかってしかるべきだと思う。

自分たちがいなくなれば、護衛は少し離れて遠巻きに二人を見守るだろうから、誰にも聞かれない会話ぐらいはできるはずだ。

セルーンが頷いた。

「そうですね、私はこれから王と、新都の弓工場を見に行くつもりなんです。作業の一部がもうあちらに移っているので、使い勝手を確認しに」

弓矢と馬具は、肉や革細工と並んで、草原の重要な交易品となりつつある。

セルーンは弓の名手でもあり、新都の弓工場はセルーンの采配に任されているのだ。

「一刻あればそちらの用事はすみますか？　終わったら弓工場で落ち合いましょう」

セルーンの言葉にアルトゥが頭を下げ、

「では」

とその場を離れようとすると……

「ああ、じゃあ俺も一緒に」

ムラトがそう言ってひょいと馬首を返し、アルトゥについてきた。

まさか、ついてくるつもりなのだろうか。

「私は、新都の、セルーンさまの私室を見に行くのです。あなたには関係のない仕事だと思いますが」

王やセルーンに声が届かない場所まで来てから、迷惑だ、という気持ちを隠さずにそう言うと、ムラトがくすりと笑った。

「いやあ、お二人をお二人にしたいだけ。あんたもそう思ったんだろ？」

アルトゥは言葉に詰まった。

もちろんそう思った。ムラトも遠慮すべきだと思った。

だがこの、ムラトの馴《な》れ馴れしい口調に、どう返事をするべきなのか。

あんた、という呼びかけは「あなた」よりも近く「お前」よりは距離のある微妙なもので、失礼だ、という文句も言いにくい。

アルトゥは別に、「お高くとまっている」つもりはない。

セルーンの側仕えだからといって、自分まで地位や身分が高いと考えたこともない。

むしろ、下心のある人間にちやほやされても思い上がらないよう自分を律するべきだと思っている。

だがムラトの馴れ馴れしさは、そういう「下心」とは違う、なんというか……相手が誰であろうと意に介さずにぐいぐい近寄ってくる強引さが仄《ほの》見える。

そうやって誰とでも距離を縮められるのがムラトの特徴で、もしかしたら「王の密偵」という仕事にも適しているのかもしれないが……自分は、苦手だ。

アルトゥは、返事もしないで馬を進めることで、ムラトと一緒に行きたくないという気持ちを表したつもりだったのだが、ムラトは当然のように隣で馬を進めている。

この男は……鈍いのだろうか。

じわじわとアルトゥの中に、怒りに似たものが湧き上がってきて――

思わず、アルトゥの口から強い言葉が零れた。

「あなたは、少し失礼じゃないですか」

「俺が？」

ムラトはたいして驚いたようでもなく、その声音には相変わらず何か、面白がるような響きを含んでいる。

そうだ、この口調と声音が気に入らないのだ。

そもそもアルトゥに対して、第一声で……

「お……王とセルーンさまの前で、私のことをあんなふうに……！」

王都で随一と評判の、氷の美貌、などと。

「ああ、あれ？」

ムラトはくすっと笑う。

「セルーンさまは、王以外の男が自分の前で誰を褒めたって気にもしないだろうさ」

もちろんそれは……そうだろう。

だが自分が言っているのはそういうことではない、と言おうとしたのだが、ムラトが言葉を続けた。

「もしかして、氷の美貌って言葉が嫌い？　だったら失礼した、申し訳ない」

だからそういうことではない、と思うのだが……わざとらしく丁重に頭を下げられてしまうと、アルトゥは言葉の返しようがない。

アルトゥはつんと顎を上げて、ムラトから顔を逸《そ》らした。

「失礼します。私は私の用事をしに行きますので」

そう言えばアルトゥから離れてくれると思ったのだが、察しが悪いのだろうか、少し速めた馬の歩調に合わせるように、ムラトもついてくる。

同じ方向に用事でもあるのなら仕方がないし、駆け足で去るのも大人げないし、動揺しているように思われるのもしゃくだ。

結局黙ったまま馬を進めていても、自分だけがいらいらしているようなのも、なんだか腹立たしい。

アルトゥは唇を嚙み締めて馬を進め、やがて、新都を囲む城壁までやってきた。

東の国でも西の国でも、街は防衛のための城壁に囲まれており、門兵を置いて出入りする者を確認し、夕方決まった時間には門を閉じる。

草原では幕屋を移動して歩く暮らしなのでこれまでそういう習慣はなかったが、この新都は他国の街のように造っている。

広く平らな土地で、地下水脈の真上を選んでいるのでいくつもの井戸が掘られて水が豊富だから、水の調達のために外に出る必要もない。

王は単純に周囲の国々の真似《まね》をしているわけではなく、都を一カ所に定めるならば守りを重視するのは当然のこととして、城壁を取り入れた。

幕屋暮らしならば敵が攻めてきても宿営地を捨てて逃げることができるが、石造りの都では、その都そのものを守る必要がある。

それくらいに、「定まった都」というのは、これまでの暮らしの考え方を根本から覆すものなのだ。

それでも、東の国との大きな戦を経験し、西の国の脅威も感じている草原の民は、驚くほどの適応力で、定住に順応しようとしている。

もちろん、草原の暮らしのほうが性に合っているという民も大勢いて、そういう民は広い高原でこれまで通りの暮らしをすることもできる。

国の基幹である放牧の暮らしは、むしろ変えてはいけないものだからだ。

だが自分は……

そのどちらにも、焦がれるような魅力は感じていない。

そこに「居ろ」と言われているから居るだけで、自分から「こちらの暮らしのほうがいい」と選ぶほどの違いは感じられない。

むしろ、そのどちらでもない、「知らない暮らし」に憧《あこが》れているような気がする。

そんなことを考えていると……

「あんたは、こういう都で暮らすことに抵抗はないのかな」

ふいに、ムラトがそう尋ねた。

アルトゥはぎくりとして馬を止め、思わずムラトを見た。

どうしてそんなことを尋《き》くのか。

心の中で思っていたことが、まさか顔に出でもしたのだろうか。

どこかへ行きたい。

定められた場所ではない、どこか知らない場所に行ってみたい。

そんな……いつ頃からか胸に芽生え、巣食っている思いを、まさか気取られることはないはずだ。

「私はどこでも、住めと言われた場所に住むだけです」

きっぱりとそう言うと、ムラトの眉が驚いたように上がる。

「じゃあ、石の都が好きになれそうってことか？」

好きとか嫌いとか、そんな感情で物事を決めているわけではない。

だがもしかすると……と、アルトゥはムラトを見た。

この男は、自分の居場所を「好き嫌い」で決めているのだろうか。

王の密偵という身分も……王に命じられるまま、草原の内外をうろつく暮らしも、「好き」と感じているのだろうか。

瞬間、アルトゥの胸に、妬ましいような思いが膨れあがった。

この男は、いつでも、自分が望む場所に行けるのだ。

しかしすぐに、誇りがその妬ましいような思いをねじ伏せた。

自分は、自分の居場所で義務を果たすことに誇りと喜びを感じているのだ。

新しい国造りを、セルーンという特別な存在の側で見守り、手伝えることに。

好き嫌いで居場所を選べる人間は、好き勝手にうろついているがいい。

そういう人間には、アルトゥの生き方は理解できないのだろうし、してもらおうとも思わない。

「私は私の仕事をしているのです」

アルトゥはきっぱり言うと、今度こそ全身でムラトの同行を拒絶して、城門へと速足で馬を進めた。


建設中の新都は、活気に溢《あふ》れている。

もうほとんど建物は出来上がり、今は建物の内側のしつらえを、あちこちから集まった職人たちがそれぞれのあるじの注文に応じて仕上げているところだ。

新都の造りは、今仮の都になっている場所と、基本的には同じだ。

真ん中を大通りが貫き、一番奥に王宮がある。大通りから左右に枝道が延び、その枝道からさらに分岐が延びている。

王は最初から、この新都を意識して、今の仮王都に幕屋を配したのだろう。

都の中は、市場、商人が住む場所、役人たちが住む場所、職人たちが住む場所、兵が住む場所などに分かれ、職人たちの中には、すでにある程度出来上がった自分たちの区画に住み込んでいる者も多い。

兵たちも半分ほどは新都に移り、工兵として働いている。

もう二ヶ月もすれば、完全に新都に移れるはずだ。

そして、王宮は他国からの使者を迎えるのにふさわしい威容を放っているが、今の仮王都の幕屋と同じく、王とセルーンの私室はつつましいものだ。

それぞれの私室に通じる扉が両側にある寝室。

セルーンの私室は今の幕屋よりは少し広くなり、一室増える。

だがそれは、今は一緒になっている、儀式用の衣裳や宝飾品を納める部屋と、鎧や弓矢などの武具を納める部屋が分かれるだけのことだ。

私室の近くには王宮に泊まり込むアルトゥの部屋が造られ、下働きの少年たちの部屋に通じている。

セルーンの居間からは、アルトゥの部屋まで紐を渡し、用事があればその紐を引けば、アルトゥの部屋の小さな鐘が鳴る仕組みだ。

こういう細かい仕掛けはあちこちにあって、西の大国の後宮の設計に携わった職人の智慧《ちえ》と聞いている。

中には、王の部屋とセルーンの部屋を繋《つな》ぐ秘密の裏道や、王宮の裏手に出ることもできる通路なども設けられており、アルトゥもセルーンの私室を知る人間として、説明をうけている。

本来は、王が夫人たちや妾《めかけ》たちの部屋に忍んでいくためのもののようだ。

もし王が、セルーン一人を伴侶に定めているのではなく、王朝を築く目的で女たちを集めるような王だったら……と想像すると、くらくらしてくる。

東西の大国はそういう後宮を、どれくらいの人数で、どれくらいの予算をかけて、どうやって管理しているのだろう。

もともと王は質素を好み、セルーンも同様であり、王都の建設はあくまでも周辺の国々に「国家」としての威信を示すためのもので、王自身の贅沢《ぜいたく》のためではない。

草原の民の一人として、アルトゥは、そういう王を戴いた自分たちは幸運だと思う。

セルーンの居間は、セルーン自身の希望で、なるべく今の幕屋と同じしつらえを保つことになっている。

そうは言っても、広さも少し変わるし、木組みとフェルト、厚布で仕切られていた場所が石壁や木の扉になるのだから、細かい違いは生じてくる。

石壁は、装飾と保温と防音を兼ねる厚布ですべて覆うことになっていて、今日のアルトゥは、さまざまな織りや刺繍の布を、どこにどう掛けるかの確認をしに来たのだ。

セルーンがそういうこまごましたことに気を遣わずにすむよう、そして私室で気兼ねなく寛げるようにすることこそ、アルトゥの仕事なのだ。

必要な寸法を測り終わり、アルトゥは最後にざっと部屋の中を見渡した。

二ヶ月後には、ここが自分の職場になる。

ふと、「石の都が好きになれそうか」というムラトの問いを思い出した。

やはり、特に好きも嫌いも感じない。

普通なら、何かしらの感慨があるものなのだろうが……アルトゥは何も感じない。

草原の幕屋で育ち、仮王都の幕屋に仕え、そして石の都へ。

必要に応じて居場所が変わる、それだけのこと。

少しは何か感じるべきなのだろうか。

なんの感慨もない自分は、どこか少しおかしいのだろうか。

そう思いかけて、アルトゥははっとした。

ばかなことを。

ムラトがあんなことを言ったせいで、おかしなことを考えてしまっているのだ。

余計なことは考えないことだ――これまでどおり。

昼休憩を告げる職人たちの声がどこかから聞こえてきて、アルトゥはセルーンと合流すべき時間だと思い出し、慌てて踵《きびす》を返した。


アルトゥたち王宮の奥勤めの者には、十五日に一度、二日間の休みがある。

アルトゥは休みの必要など感じていないのだが、アルトゥが休みを取らなければアルトゥの管轄である下働きの少年たちが休みを取りにくいという理由だけで、仕方なく規則的に休みを取っている。

仕方なく、というのは……休みを取れば、行く場所は、父の幕屋しかないからだ。

結婚していないアルトゥには、自分の幕屋はない。

父は国の要人の一人だから、いくつかの幕屋を連ねた敷地を与えられていて、そのひとつがアルトゥの「部屋」となってはいるが、あくまでも子として、父の幕屋を使っているに過ぎない。

食事なども、父の幕屋で一緒にしなくてはいけない。

新都に行った翌々日がその休暇で、アルトゥはそれでも夕方まで王の幕屋の中にある自分の部屋で時間を潰し、夕食の時間近くになって、ようやく王都の中にある父の家に帰った。

アルトゥは、父と母の二番目の子だ。

兄はもう独立し、自分の幕屋を構えているが、アルトゥの休暇に合わせるように、父の幕屋で食事をともにしている。

つまり、アルトゥはこの家で一番の「目下」であり、父と兄に意見される存在なのだ。

「それで、アルトゥ、引っ越しの準備は進んでいるのか」

馬乳酒の入った椀を口元に運びながら、父が尋ねた。

片目は戦で負った刀傷で潰れ、髭《ひげ》にも髪にも白いものが混じってはいるが、堂々たる風格は、額に族長の輪を見るまでもなく、ただ者ではないと一目でわかる。

「はい、滞りなく」

アルトゥが静かに答えると、

「滞りなく、か」

父の隣に座っていた兄が、面白くなさそうに繰り返した。

兄は父よりも少しばかり線が細く、それを補うように、まだ若いのだが中年の男のようにあごひげを蓄えている。

「それ以外に何か報告することはないのか？　王との間に変わったことは？　あの二人が喧《けん》嘩《か》をすることなどはないのか？　意見の食い違いなどは？」

兄が父よりも小物だと感じるのは、こういう性急で直截《ちょくせつ》な問いからわかる。

だが父と兄が目指すところは一緒だ。

少しでも、この「国」の中で強い権力を持つ地位に昇ること。

父は草原の一部族であったころから、目端が利き、利に聡《さと》い男で、いち早く「王による草原の統一」に賛同して王の戦にも付き従い、「建国に功あった」一人として軍務長という高い地位を得た。

だが父はそれで満足などしてはいない。

できれば王の補佐役である大臣の一人となり、もし何かあれば王に代わってこの国を采配できるくらいの地位に昇りたいと思っているのだ。

典型的な、好戦的な草原の男だと思っていた父が、意外に生臭い権力欲を持っていたことはアルトゥには驚きだったし、兄も同様なのは不愉快でもある。

だが、アルトゥはそれを態度には出さない。

族長である父の言葉は、一族の者……ましてや族長の息子である自分にとっては絶対だ。

父の「命令」からは逃れられないのだ。

そして……いずれ父のあとを継ぐ兄の命令からも。

「どうなんだ」

兄の問いに答えないアルトゥに、苛立《いらだ》ったように父が促す。

「……お二人が口論なさっているところは、一度も見ていません」

アルトゥは淡々と言った。

「変わらず、睦《むつ》まじいようにお見受けします」

「だからといって」

兄が苛立ったようにアルトゥを見る。

「毎晩、王に可愛《かわい》がられているわけでもあるまい。そもそも、新都でも寝室を分けなかったのは、お前の進言が足りなかったせいじゃないのか」

王とセルーンの寝室を分ける。

私的なことに見えて、それは実は、重大な意味を持つ。

王の寝室にセルーン以外の誰かを送り込むことを可能にするからだ。

できれば、女がいい。

王の子を身ごもることが可能な女が。

実際のところ、権力を欲する族長なら誰でも考えてみることだろう――王の子の祖父となることを。

東西の大国はどこも、そうやって自分の血を引いた孫を次の王にする血なまぐさい駆け引きが権力者の間で行われている。

だが王は、そういう争いが自分のもとで起きることを拒んでいる。

アルトゥの父は、王の寝室に送り込める娘が手元にないこともあり、「ならば男でもいい」という考えだ。

セルーンに取って代われる男なら。

アルトゥをセルーンの側仕えに差し出したのには、そんな下心もある。

そもそも、セルーンの最側近とでも言うべき場所にアルトゥを押し込めたのも、父の手腕だったのだ。

だがアルトゥ自身はそんな手駒に使われるのはごめんだったし、側近く仕えてみて王とセルーンの間に割り込むことなど不可能だとわかったし、セルーンが仕えるのに値する主人であるとも感じたので、父の思惑に乗る気はない。

だがそれとても、「内心での反抗」に過ぎない。

従ってはいるのだが、うまくいかない、と見せておくしかない。

新都で「寝室を分ける」というのも、あくまでもひとつの案として、セルーンに言ってはみたのだ。

お一人でゆっくりなさる場所も必要では？　と。

だがあっさりと「そのためには居間があります」と言われたので引き下がった。

父や兄の命令を無視したわけではないのだ。

「……なかなか、お聞き入れはいただけず」

アルトゥがそう言うと、兄が苛立ったように、あぐらをかいた自分の膝《ひざ》をぱんと叩いた。

「だからお前は役立たずだと言うのだ！」

小言が続くのを予想して、アルトゥは自分の椀を置き、床に視線を落とす。

「少しでも側仕えの進言に耳を傾けるよう仕向けるのがお前の役割だろう！　側仕えとなってからどれだけ経《た》った？　その間にお前は何か、父上のお役に立つようなことをしたり、重要な情報を仕入れたりしたか⁉　お前ときたらいつでも『特にお変わりなく』『申し上げたがお取り上げいただけず』ばかりだ！」

兄の横で、父がふうっと大きくため息をついた。

「……全く、男子としてのこの程度の仕事もこなせないようでは、いっそ女に生まれた方がよほど使いようもあったというものだ。顔だけはよく生まれついたが、それも無駄でしかない」

昔から言われ続けていたことなので、アルトゥは「またか」と思いながら、嵐が過ぎゆくのをやり過ごすように、ただ俯《うつむ》く。

顔だけは美しい。

いっそ女だったら。

美しいだけでなく、せめて愛想があったら。

父や兄はそう言うが、それでは自分が、この顔で、もう少し愛想のある、そして女だったらどうなっていただろう？

父の思惑で、手を結びたい部族に嫁がされるか……下手をすれば、どこかの年寄りの族長の、何番目かの妾に差し出されるのがせいぜいだっただろう。

だが……それでは、女ではない現実の自分はなんの役に立つのだろう、という思いが胸の奥をじわりと濁らせる。

ひ弱ではないが、父や兄のように頑健でもなく、武人としてはたいした役に立たない。

馬に乗るのも、剣術も、弓も、ごくごく平均的だ。

顔立ちだけはやたらと褒められるが、それを嬉しいとも思えず、褒め言葉を無表情でやり過ごすのが習慣になってしまっている。

二十五にもなって未《いま》だ父の家から独立できないのは結婚をしていないせいだ。

父も、アルトゥの相手には頭を悩ませているらしい。

アルトゥの容姿は娘の結婚相手としてはむしろ好まれない部類で、積極的にアルトゥを婿《むこ》に欲しいという家はないし、未婚の娘たちも「きれいだけど冷たそうな方」とアルトゥを見ている。

だからこそ、セルーンの側仕えというのは父にとって「これだ」という使い方だったらしいのだが……時が経つごとに父の失望が増すばかりなのは、アルトゥにとってはどうしようもないことだった。


翌朝、父の幕屋に連なる自分の小さな幕屋で目を覚ますと、母が朝食を持って入ってきたところだった。

「母上」

アルトゥが慌てて身を起こそうとすると、母は微笑んだ。

「ゆっくりしていらっしゃい。お父さまたちは、軍務のことで呼び出しがあって、お出かけになったわ」

そう言って、アルトゥの布団の脇に朝食の盆を置いて座る。

「昨夜はまた、大変だったことね」

父や兄との夕食の際に母は同席せず、裏で下働きの女たちと一緒に食事を摂るのは、草原で暮らしていたころからの習慣だ。

まだまだ草原には、男と女が同席しない風習が強い部族が残っているのだ。

アルトゥの部族は特にそういう傾向が強い。

それでも母には、アルトゥが父と兄から責められている雰囲気は伝わっているのだろう。

「お恥ずかしいことです」

アルトゥは母に頭を下げた。

「いつまでたっても……父上には、お認めいただけなくて」

母は気遣わしげに眉を寄せて、アルトゥをじっと見つめた。

「アルトゥ……私の金の坊やは、こんなに立派な男になったというのに、お父さまにはどうしてそれがおわかりにならないのかしらねえ」

アルトゥという名は、この国の古い言葉で「金」を意味する。

それで母は幼いアルトゥを「金の坊や」と呼んでいたのだが、そう呼ばれるのは久しぶりのことだ。

母は、たおやかで美しい人だ。

部族の中の有力者の娘で、父が強く望んで妻に貰い受け、二人の男子に恵まれたこともあって父は妾も設けず、母を大切にしているから、結婚生活は幸せなほうなのだろう。

アルトゥの顔立ちそのものは母に似ているが、アルトゥにない母のやわらかな優しさは、むしろセルーンが持つ雰囲気に通じるものだ。

だから自分は、セルーンに仕えることが好ましいのだろう、とアルトゥは思う。

「ねえ、アルトゥ」

母は少し居住まいを正した。

「いっそのこと結婚してしまえば、あなたは自分の幕屋を持って、お父さまから独立できるのだけど……あなたには、誰かこの人ならという娘さんはいないの？　もしお父さまのお眼鏡にかなわない相手だったとしても、あなたが望むのなら、私がなんとかお父さまを説得するわよ」

アルトゥは驚いて母を見た。

アルトゥの結婚について、母がこんなことを言うのははじめてだ。

母親は娘の結婚にはある程度口を出すが、息子の結婚は完全に父が決めるものだからだ。

誰か好ましい娘がいるのなら、結婚して父の保護から出る。

確かに父の家から出るには、それしかない。

だが。

「……特に、これという人は」

アルトゥは少し考えて、結局そう言った。

「そう……」

母は残念そうに言ってから、さっと気持ちを切り替えたのか、アルトゥに優しく微笑む。

「誰かそういう人ができたら、いつでも言ってちょうだい。さ、食事をしてね」

そう言って立ち上がり、幕屋を出ていく母の後ろ姿を見送って、アルトゥは思わずため息をついた。

これという人はいない。

そこなのだ。

アルトゥは誰かを特に「好ましい」と思ったことが、一度もない。

相手が男でも女でも。

ほのかな初恋とか、憧れとか、そんなものも一度も抱いたことがない。

セルーンは仕える相手として好ましいと思うが、それは個人的な好意とは少し違う。

自分はどこか、欠けているのではないか、とさえ思う。

それに……結婚して独立しても、父という部族の長の手駒であることには変わりない。

現在のように休暇のたびに父の幕屋に帰って毎回あれこれ叱りつけられることはなくなる

にしても、親族や部族の会議では末席に連なって、長上に従わなければならない状況では同じことだ。

むしろ、結婚することでひとつの「居場所」に縛り付けられてしまうことが怖いような気すらしている。

——だからといって、今置かれている場所を離れてどこに行く当てがあるというわけでもないのに。

口元に苦い笑みが浮かぶ。

こういうときアルトゥの胸には、乾いた風が吹き抜けるような感じがある。

草原の風とはまるで違う、からからに乾いた風。

その風に身を任せたらどうなるのだろう。

心も身体もひからびていくだけなのだろうか。

それでも、植えられた場所で根腐れをおこしている木のような、今の状態よりはましかもしれない。

そんなことを思いかけ、アルトゥは首を強く振って、そのばかばかしい考えを払いのけた。

根腐れなど起こしてはいない。

父の思惑がらみとはいえ、セルーンに仕えることは、アルトゥの喜びだ。

セルーンの傍らで、セルーンを支えながら、あの傑出した若い王の国造りを見ていることも、素晴らしい経験だ。

その意味では、父に感謝しなくては。

そして、自分がするべきことをしながら、したくないことは上手にはぐらかしながら、きちんと生きていくべきだ。

他に道はないのだから。

アルトゥは一度背筋をしゃんと伸ばしてから、朝食の盆に手を伸ばした。


それでも次の休暇が近付くと、アルトゥは憂鬱になった。

父や兄に毎回セルーンについて根掘り葉掘り尋かれ、それをはぐらかすのは、精神的に疲れる。

そしていつものように「顔だけはきれいな役立たず」と言われ、好きでこんな顔に生まれたわけじゃないと思いながら頭を下げて嵐をやり過ごしていると、へとへとになる。

休暇とはいっても、まるで休んだことになどならない。

そしてその日……アルトゥは本当に衝動的に、家に使いを送った。

急な用事で、休暇は先延ばしになった、今日は戻れない、と。

一方的に伝言を送るだけ送り、アルトゥは厩《うまや》に走ると、自分の馬を引き出した。

アルトゥの馬は、草原の習慣に従って十歳の誕生日に父から与えられた、かなり赤みがかった毛色の馬だ。

その馬にアルトゥは、エツェグ……炎、と名付けた。

草原で暮らしていたころは日常的に乗り回していたが、セルーンに仕えて仮王都に住むようになってからは、乗馬の機会は減った。

アルトゥの職場は、王の幕屋の中だ。

先日のようにセルーンの供をして馬で出かける機会はほとんどなく、仕事の用も、王都の中だけで済んでいる。

戦の際も王都での留守居役となるので、アルトゥは「王の兵」として出陣したこともないから、以前の部族同士の小競り合いはともかく、最近の他国との戦場も実際には知らない。

同じように、王都に勤務して乗馬の機会が減り、自分の馬を手放してしまう者もいるが、アルトゥはそう思い切ることもできず、エツェグは王の厩に預けることになった。

そうしておけば、係の者が世話をし、運動もさせてくれる。

そしてアルトゥは折を見て、エツェグに会いに行くこともできる。

割合誰にでも懐くエツェグだが、やはりアルトゥは主人として特別らしく、アルトゥが自分で鞍を乗せると、嬉しそうに頭を上下に振った。

「どちらへ」

厩係の声に「さあ」とだけ答え、エッェグに乗って都を出る。

どこへ行きたいという当てもなかったのだが、自然と、馬首を新都とは反対の方向に向けた。

草原へ。

人の気配のない、広い場所へ。

そうは言っても、王都の近くには草原の民が集まってきており、あちこちに幕屋が固まって建っている。

仮王都には旅人が泊まれるような場所が少ないので、東西からの商人や、遠くから馬や羊毛などを売りに来る草原の民を当て込んだ隊商宿などが、王都を取り囲むようにして出来ているのだ。

四方から王都へ向かう道も自然と出来つつある。

その道のひとつ、真《ま》っ直《す》ぐに北に向かうものを、アルトゥは選んだ。

なんとなく、一番人通りが少ないような気がしたのだ。

それでも、どこまで行っても行き交う人々は途切れない。

都へ通じる道というのは、こういうものなのだ……と改めて実感する。

考えてみるとアルトゥは、王が仮王都を定めてすぐにセルーンの側仕えとなり、ほとんど王都から出ず、王都の周辺の変化というものをあまり見ていなかったのだ。

石造りの新都が完成し、街道が固定されれば、街道筋の店や宿も石造りとなっていくのだろうか、と思うと少し不思議な気がする。

そうなれば、遠くからやってくる人々が「都はどこだ、王はどこにいるのだ」と尋ね回る必要はなくなるし、何よりの利点は、旅が安全になることだろう。

人気のない草原の旅は、時には盗賊や追いはぎに遭ったりする、危険なものでもあったのだ。

だが、こういう変化は王都の周辺だけだ。

草原の暮らしを支える放牧地の在り方は変わらないし、人々は好きなほうの生活を選べる。

そういう国をたった一人で作り上げようとしている王は、なんと傑出した人間なのだろう。

優れた英雄というのは、孤独を強いられることも多いらしいが……王の傍らには、セルーンがいる。

ただ一人の特別な存在を持つというのは、どういう気持ちなのだろう。

そんなことを考えながらアルトゥは途中から街道を逸れて草原に馬を進めた。

さすがに人の気配は薄れる。

遠くに見える山々まで、草原はなだらかな起伏を繰り返しながら、どこまでもどこまでも続いている。

波打つ草の上を渡ってくる、少し青臭い風を、久しぶりに感じたような気がする。

アルトゥは草原の真ん中でエッェグを止め、大きく息を吸い込んだ。

身体の隅々まで、草原の空気が行き渡るような気がする。

これを気持ちいいと感じるということは、自分はやはり草原の民なのだ、と思う。

このあたりを、気ままにのんびり歩き回ってみよう。

そう思ってアルトゥが少し馬の向きを変えたとき……ふと、視界の隅に何かが入った。

よく見ると……人を乗せた馬の姿だ。

アルトゥが来た、街道の方角に、二人。

かなり遠いが、草原で育ったアルトゥの目には、おおよその風体はわかる。

大きな荷物を持っているようではないので、旅人や商人ではない。

こちらの方に住んでいる草原の民だろうか、それともアルトゥと同じようなことを考えて、街道を逸れた人々だろうか、と思いながらアルトゥが首を巡らせると……

少し離れた場所に、もう一組……こちらは三人組だ。

せっかく人の気配がないところに来たのに……と思いながらアルトゥは適当な方角に馬を進めたが、なんとなく気になって振り返ると、二人組も三人組も、やはり同じような距離感で見えている。

首筋にちりりと、何かいやな感じがして、アルトゥはわざとこれまでとは九十度角度を変えて進んでみた。

しばらく歩いてから馬を止めて、何気なく周囲を見回すように視線を動かすと、やはり同じように人馬の姿が見え……そして少し、距離が縮まったように感じる。

——つけられている、とアルトゥは感じた。

だが、誰に、どうして？

心当たりが全くないわけではない。

セルーンの側近くに仕えていれば、敵国の密偵や、草原にも存在する王の敵対者に目をつけられることもある。

父の政敵という存在もある。

そして、アルトゥの「美しさ」とやらが、厄介な男たちを惹きつけることもある……これに関しては、草原で暮らしていたころはよくあったものの、王都で暮らすようになってからはほとんどなくなっていたのだが。

そして、アルトゥには想像もつかない他の理由もあるかもしれない。

目的は、誘拐か、暗殺か。

戦乱の世では普通に存在するそんな危険を、王都からほとんど出ないで暮らしている間に、忘れかけていた自分に、アルトゥは舌打ちした。

背後に神経を集中させながら、それでも男たちに気付かないふうを装ってしばらく適当に歩いていると、やはり男たちが次第に近付いているのを感じた。

遠巻きに、アルトゥの左右に回り込んでいく。

そのまま距離を詰めれば、左右からアルトゥを挟み撃ちにできる。

これは間違いなく、不審な相手だ。

アルトゥはそう確信すると、

「エツェグ、いい?」

小さく囁いてから、さっとエツェグの向きを変えた。

今来た方向、街道に向けて、全力で走り出す。

男たちが何か叫んだのが聞こえ、そして五頭の馬が、アルトゥを追ってくるのがわかった。

駆けろ。

人目のある場所まで。

相手は慎重に、草原の真ん中で近くに人がいない状況になるのを待っていたように思える。

とすれば、人目があるところなら安全だ。

そう思いながらエツェグを走らせたが、技量に格段の差があるらしく、じわじわと近付いてくるのが、気配でわかる。

と、アルトゥは前方にぽつんと現れたものに、ぎょっとした。

騎馬の男。

一人。

新手か……三方から挟まれたら、逃げようがない。

どうすれば、と思ったとき……

新手の一騎が、こちらに向けて走り出したのがわかった。

慌ててエッェグの速度を落とし、斜めに向きを変えようとして……

アルトゥははっとした。

前方から現れた男の姿に、見覚えがある。

草原の服装ではあるが、頭に布を巻き付けている……

あれは、ムラトだ。

彼も一味なのだろうか、と思ったとき、ムラトが、アルトゥに向けて大きく手を振った。

まるで、親しい友人にでもするように。

アルトゥが戸惑い、警戒を解かずにその場所に留《とど》まっていると、ムラトは真っ直ぐに近付いてきて、声が届くところまで来ると、

「待たせた、ごめん」

気が抜けるほどにのんびりした声で、そう言った。

「あなたは――」

「し」

ムラトは自分の馬を、エッェグと反対向きのまま真横に止め、小さく言って目配せする。

「連中、止まった。そのまま……俺とちょっと話して笑うんだ」

　こんな状況で笑う？

　何をばかな、とアルトゥは思いかけたが……とにかくムラトは、背後の男たちとは関係ないのだ、とわかった。

　だったらとりあえず、ムラトに合わせてみるべきだ、と本能的に思う。

　ムラトはにっと笑ってみせる。

「追いつかないかと思った、いい馬だな」

　世間話のようにそう言い、アルトゥは仕方なく、背後の男たちに横顔が見えるようにムラトのほうを見て、強《こわ》ばった笑みを浮かべた。

「ええ、いい馬ですよ」

「名前は？」

「エツェグ」

「炎か……確かに、この赤い毛色に似合う名前だ」

　背後の男たちは、かなり離れた……しかし草原の男の目には表情はわかるくらいの距離で馬を止めたまま、こちらの様子を見ているようだ。

　少なくともムラトと話している間は、襲いかかってはこない。

　アルトゥはそう悟った。

ムラトの目は笑みを浮かべて細くなり、アルトゥに会話の続きを促しているように見える。

「……あ、あなたの馬の名前は？」

間の抜けた会話だ、と思いながらアルトゥが尋ねると……

「アドー」

ムラトがさらりと答え……

アルトゥは思わず瞬きをした。

アドーというのは、そのまま「馬」という意味だ。

「……馬に、馬と名付けたのですか」

「西の国の馬商人が、草原の言葉を勘違いして、馬に馬とつけちまったんだ。俺がこいつを買ったときには、馬本人が自分の名前をアドーだと思ってたんで、仕方ない」

自分の名前を馬だと思い込んだ馬。

おどけたムラトの物言いに、アルトゥは思わず吹き出してから、次の瞬間、はっと今の状況を思い出す。

するとムラトが、顔は微笑んだまま、唇を動かさずに言った。

「連中、諦めたようだ。離れていく。そのままゆっくりと、馬の向きを変えて……俺と並んでくれ……ゆっくりだ、遊んでるみたいに」

アルトゥは言われるままに、エツェグの身体を挟む自分の腿《もも》に少し力を入れ、ムラトが乗ったアドーの周りを軽い足取りで一周するように見せながら、向きを変えた。

すると、男たちのうち三騎は草原の奥へと走り去り、二騎は、その三騎とは無関係だとでもいうように、ゆっくりと別の方向に進み出していた。

ムラトがアルトゥの親しい相手で、ここで待ち合わせでもしていたと思い、誘拐か暗殺か知らないが、計画を諦めたのだろう。

ムラトのおかげで助かったのだ。

すうっと、全身から緊張が抜けていく。

「……ありがとうございました」

そう言ってからふと、疑問に思って尋ねる。

「どうしてここに？」

ムラトはにやりとして、肩をすくめた。

「あんたが一人で王都を出ていくのが見えたんで、珍しいこともあると思ったんだ。そうしたらおかしな連中があんたをつけているのがわかって……最初は護衛かと思ったんだけど」

「……私に護衛などつきません」

そんな身分ではない。

アルトゥの言葉に、ムラトは真面目《まじめ》な顔になって頷く。

「だから変だと思ったんだ。危ないことにならなくてよかった」

真面目な顔をすると、ムラトは意外に引き締まって整った顔立ちなのだ、とアルトゥは気付いた。

「それで……何か、心当たり、あるの？」

ムラトの問いに、アルトゥは躊躇った。

男たちの動きは、訓練されたもの、という感じがした。

ということは……私的な欲望と言うよりは、何か、政治がらみ。

セルーンの側仕えという職は、わざわざ誘拐して人質に取ったりするよりは、懐柔して情報を引き出す相手としての利用価値の方が高いだろう。

だとしたら……父の政敵、というのが一番ありそうだ。

父は野心を隠そうともしていないし、反感を買う強引な手段も厭《いと》わない。

王が、建国の功労者として与えた地位が、大臣ではなく軍務長であるのも、そういう父の性質を王が見抜いているからだといえる。

だが、そういう……身内の暗部のようなものを口にするのは、躊躇われる。

「心当たりは、あるようなないような……よくわかりません」

言葉を濁すと、

「そうか、あんたもいろいろ大変だ」

もっと追及してくるかと思ったムラトは、あっさりと引き下がった。

「で？　どうする？　遠駆けしたかったんだろ？　よかったら付き合うけど」

遠駆けしたかったのだろうか。

ただ……一人になりたかったのだ。

だが、今ここでムラトと離れて一人になったら、またあの男たちにつけられるかもしれない。

アルトゥは躊躇いながら尋ねた。

「あなたは？　何か用事があったのでは？」

「俺は、今日は暇。広い場所の空気を吸いたいと思って王都を出て、あんたを見つけたんだ。王都で働いている姿しか見たことがないけど、やっぱり草原の民なんだな。姿勢がおそろしくきれいで、思わず一緒に走りたくなった」

てらいのない直截な褒め言葉は、ムラトらしく「軽い」と思うが……それでも馬に乗る姿勢を褒められると、草原の民として悪い気がしないのは確かだ。

「……ありがとうございます」

こういうときに、自分はどうしてこんなふうに堅苦しい返事しかできないのだろう、と思いながらも頭を下げると……

「よし！　じゃあ、北にあるサクサウルの茂みまで！」

ムラトがそう言って、突然馬の腹を蹴《け》って走り出した。

アルトゥも本能的に反応し、腿の内側に力を入れると、エッツェグが駆け出す。

先に駆けているムラトの背中を追って走っていると、アルトゥの中に、喜びが溢れ出した。

景色が背後に流れていき、風と自分の境目がなくなっていく、この感覚。

エッツェグのしなやかで強靱《きょうじん》な筋肉が自分自身の手足となったように感じ、エッツェグの身体に自分の心が宿って駆けているのだと感じる。

こうしているときだけ、アルトゥはすべてのしがらみから逃れられる。

二十五にもなって、未だに父や兄の支配から逃れられない自分を忘れられる。

草原にも王宮にも家にも居場所がない、という鬱屈を忘れられる。

こうしてただ草原を駆けていればいいのなら――

駆け続けて、草原の果てへ、さらにその先へ、知らないどこかへ行ってしまえるものなら――!

と、前方にあるただの目標点と化していたムラトの背中が次第に大きくなり、やがてみるみる近付いてきて、アルトゥは慌てて手綱を引いた。

目前に、目的のサクサウルの茂みがある。

完全に、茂みまでの競争だということを忘れて、ただただ走っていたのだ。

茂みを追い越してから大きく回り込んで戻ると、ムラトは茂みの脇に馬を止めて苦笑していた。

「やっぱり、違うな」

アドーの全身から湯気が立ち上り、ムラトの顔にも汗が滲《にじ》んでいる。

「こっちは汗だくなのに……あんたは涼しい顔をしてる」

そうだろうか、体温も息も上がっており、自分では久々にいい汗をかいたと思っているのだが。

それにムラトも、茂み直前までアルトゥが追いつけなかったし、その走りは「草原の男」と言えるものだと感心する。

「あなたも……想像以上です。アドーはいい馬ですね」

そう言ってからアルトゥは、これではムラトを褒めているのではなく馬を褒めていることになってしまう、と気付いた。

「いえ、そうじゃなくて……馬も、あなたも」

「いや、本当にアドーはいい馬なんだ」

ムラトは気を悪くした様子もなく笑う。

「何しろ、馬という名前の馬なんだから、馬の中の馬なのさ」

言葉遊びのようだが案外真実で、アドーというのはいい名前なのかもしれない、とアルトゥは思わず口元を綻《ほころ》ばせた。

「笑った」

ムラトが嬉しそうに言った。

「お役目柄、笑っちゃいけないことになってているのかと思ってたけど、休みの日は笑ってもいいんだな」

その言葉にアルトゥは、普段の自分が、いかに肩に力を入れているのかに気付いた。

笑うことを禁じられているわけでは、もちろん、ない。

だが自分の口は笑うことを忘れて、強ばってしまっていたような気がする。

ムラトが軽い口調で続ける。

「セルーンさまの側仕えが近寄りがたい雰囲気なのは、お役目として大成功だと俺は思う。あんた以上の適任はいないな。何しろあの王は、適材適所ということを心得ている。こっちも、だったらできるだけのことをしてみせようと思うってものだ」

そうなのだろうか。

アルトゥはあくまでも父の思惑で押し込まれただけだと思っていたが、考えてみるとセルーンの側仕えを、王が適当に選ぶはずがない。ということは、自分はセルーンと王の眼鏡にかなったと思っていいのだろうか。

確かにアルトゥは、セルーンの側仕えという仕事は自分に合っていると思うし、セルーンのために誠心誠意仕えたいと思っている。

そのために、父や兄に物足りないと思われても、セルーンの私生活をうかつに洩らすようなことはしまいと、努力もしている。

アルトゥがただ父の言いなりになっているのではなく、そういう仕え方を自分で選び取る人間だと王が思ってくれたのなら……それは嬉しいことだ。

ムラトも、王が信頼して使っているからには、ただただ軽い風来坊ではなく、それだけの何かがあるからなのだろう。

「私は、あなたを少し誤解していたように思います」

アルトゥが言うと、ムラトはにやりと笑った。

「あんたは俺を、ちょっと見くびっていただろう？　そうやって相手に見くびられるような雰囲気を持ってるってことも、俺の仕事に必要な資質なんだろうさ」

見くびっていた……軽く見ていた、確かに。

「まあでも、俺を軽い男だと思っていたんなら、それは誤解じゃなくて本当のことだ」

そう言われると、アルトゥは言葉の返しようもない。

だが自らを「軽い男」と言うムラトは、もしかするとあえてそう思わせているのかもしれない、とアルトゥは感じた。

自分が……とりつく島もない堅物だと思わせているのと同じように。

だとしたらこの男は想像以上に、人を見る目、他人が自分を見る目に対し、敏感なのかもしれない。

「さて、もう少し馬を運動させてやるか」

ムラトは、じれったそうに足踏みを始めた自分の馬の首を軽く叩いた。

「遊び足りないと言ってる」

「そうですね」

エツェグも、久しぶりにアルトゥと駆けたのが楽しかったようで、まだ帰る気持ちにはなっていないようだ。

「この先の連なり井戸あたりまで、行ってみましょうか」

「お、それは誘ってくれるってことだな?」

ムラトがからかうように言って、アルトゥははっとして、赤くなった。

もう少し馬を運動させてやるか、という言葉に「一緒に」という意味合いはなかったのかもしれないのに、アルトゥは当然のことのように、一緒にもう少し駆けるつもりになっていたのだ。

「あ、あなたがお一人のほうがいいのでしたら」

慌ててそう言うと、ムラトが声をあげて笑い出した。

「ごめん、悪い、あんたがこういう軽口に慣れていないってことが、ここに」

自分の、布を巻き付けた頭を指さす。

「ちゃんと納まっていてくれないんだな。もちろん、一緒に駆けてくれるなら嬉しい、ぜひお願いしたい」

その笑顔が、他意のないものだということは、アルトゥにもわかった。

軽口……冗談。

アルトゥにそんなふうに話しかけてくる人間はほとんどいなくて、アルトゥも、常に家族や他人の言葉の裏にどんな意味があるのかと身構えることに慣れてしまっていた。

……なんだか、この男と話していると、気が抜ける。

アルトゥは、身構えて力が入っていた全身が、ふっと軽くなったように感じた。

親がらみ、政治がらみの関係でもなく、王の側近とセルーンの側近という立場は対等で、下心を持って探り合う必要がある相手でもない。

そういう相手と話すことは、久しく忘れていた。

「じゃあ、行くか」

ムラトは突然そう言って馬の腹を蹴り、また駆けだした。

「あ」

慌ててアルトゥもエツェグに合図する。

目的の連なり井戸はかなり遠く、ムラトもさきほどの短距離とは違う走り方をしているが、馬の余力を読み違えたらしく、連なり井戸が見えてきたあたりでアルトゥはゆうゆうとムラトを追い越した。

馬を止めて待っていると、ムラトが追いついてきて、アルトゥの傍らで止まる。

「走り出しでずるをしたのに、結局これだもんなあ」

ムラトはそう言いながら、笑っている。

「これじゃ……あんたと馬を並べるにはまだまだだな」

ムラトの言葉に、アルトゥは思わず眉を上げた。

「馬を並べる……？」

この男は、その言葉の意味がわかっているのだろうか。

それとも、ただ文字通りの意味で言っているだけなのだろうか。

「ああ、あんたに申し込んでるわけじゃないんだ、ごめん、紛らわしかったな」

ムラトはアルトゥがわずかにひそめた眉を見て、慌てたように顔の前で手を振った。

アルトゥも、ムラトが自分に申し込む流れなどではなかったことはわかっている。

「いえ、ただ……それでは、意味は知っているんですね」

このムラトが、どれくらい「草原の男」なのか、アルトゥにはまだ測りかねているところがある。

そもそも親はどちらの国の人間なのか。

育ったのは西の国なのか草原なのか。

彼の中にある常識は、どれくらい草原のものなのか。

ムラトはちょっと肩をすくめた。

「わかってる、王の側にいるんだから、意味はよくわかっている。そして、ああいう関係に憧れはするけど、そう簡単に手に入るものじゃないってことも知ってる。ましてや、俺は半分しか草原の人間じゃないから」

そう言ってアルトゥを見る。

「あんたは、王たち以外に、馬を並べる関係という二人を知ってる？」

「ええ……まあ」

アルトゥは頷いた。

「兄に、そういう人がいました」

アルトゥには手厳しい兄だが、結婚前に「馬を並べる関係」だった同い年の幼なじみには、まるで別の顔を見せていた。

「いました、ってことは……過去形か」

「ええ、今は二人とも結婚して、いい親友になっているようです」

そちらの方が普通なのだ。

若いころの一時期、互いを特別に思う濃い関係を結び、そして大人になって家庭を持つと普通の親友関係になるのが。

女たちも、夫がかつて「馬を並べる関係」だった相手は夫の大切な友人だと認識し、家族ぐるみで親しい付き合いをすることも多い。

王とセルーンのような、唯一絶対の、永続的な関係は希有《けう》なのだ。

「まあ、俺には無理なんだろうなあ」

ムラトが苦笑して言うのは、そういう永続的な関係のことを言っているのだろう。

だがアルトゥは、王とセルーンの関係を美しいものだとは思うが、自分にそういう相手がほしいとは思わない。

母に勧められた結婚と同じで、誰か一人に定めることは、自分の居場所が定まってしまう、そこから逃れられなくなる、というかすかな恐怖を覚えさせる。

半分しか草原の人間じゃない、というムラトは、気軽に憧れているのかもしれないが、アルトゥにとっては、「馬を並べる」相手というのは「重い」ものだ。

「ああいう関係には……覚悟が必要でしょうね」

思わずアルトゥが呟《つぶや》くと、ムラトが意外にも、真面目な顔で頷いた。

「そう思う」

そして、さっと辺りを見回した。

「さて、そろそろ戻った方がいいかな」

確かに、そろそろ午《ひる》近い。

昼食を持たずにふらりと出てきただけなので、帰った方がいいだろう。

そのまま二人は、ゆるゆると街道の方に戻った。

そしてアルトゥは、そののんびりとした時間を、じっくりと味わうことができた。

ムラトも、ただ草原を歩くことを楽しんでいるように、口元に自然な笑みを浮かべながら黙っているので、会話をしなくては、などと気を遣う必要もない。

やがて、街道が見えてくると、ムラトがアルトゥを見た。

「帰りは連中の姿もなかったな」

アルトゥははっとした。

ムラトはずっと、不審な男たちのことを忘れずに気をつけていてくれたのだ。

アルトゥ自身も忘れていたわけではない。

「あの……今日は、本当にありがとうございました」

改めてアルトゥがそう言うと、ムラトは愛嬌《あいきょう》のある笑みを深くする。

「礼ってのはいくら言われてもいいもんだから、これから会うたびに言ってくれて構わないよ」

それは……むしろ、面倒だからもう礼など言わなくていいという意味だと、さすがのアルトゥにもわかった。

ムラトはどうして、堅苦しい受け答えしかできないアルトゥを相手に、気楽に、楽しそうに話せるのだろう。

「……あんたは」

ムラトはアルトゥをじっと見てから、おどけたように目玉をぐるりと回して見せた。

「面白いなあ」

「え」

意外な言葉に、アルトゥは目を見開いた。

面白い？　自分が？

それともこれもまた、何か逆説的な物言いなのだろうか。

「ほら、そういうところ」

ムラトが笑い出す。

「俺にとっては、すごく新鮮で面白い。でもこれ以上言うと怒られそうだ」

そう言っているうちにも、幕屋が立ち並ぶ仮王都の威容が見えてくる。

人通りも多くなってくる。

「それじゃ、俺はここで」

王都に入る手前でムラトはそう言って片手をあげ、アルトゥが返事をする間もなく、馬の腹に軽く蹴りを入れ、さっと先に駆けだしていった。

アルトゥは呆然《ぼうぜん》と、その後ろ姿を見送った。

このあっけなさはなんだろう。

社交辞令でも「また機会があったら」とかなんとか、言うのかと思っていた。

ムラトの軽さなら、なおさら。

だが、もしそう言われたら……アルトゥはどう答えていただろう。

同じように軽い調子で「そうですね、ぜひ」などとは言わない、言えない。それをムラトはわかっていて、せっかくのゆったりした時間の最後を気まずくすることを避けたのかもしれない。

それにムラトも別に、どうしてもまたアルトゥと、機会を作ってまで一緒に過ごしたいとは思わなかったのだろう。

そう思うと、アルトゥの気も軽くなる。

下心も思惑も何もなく、ただたまたま同じ時間を過ごした。

それだけ。

そしてアルトゥは、不審な男たちについては気になるものの、今日一日を「楽しかった」と思っている自分に気付き、驚いていた。


その後しばらく、アルトゥはムラトを見かけなかった。

王の命令でどこかへ出かけているのだろう。

アルトゥ自身、新都への移転が近付き、忙しくて余計なことを考えている暇もない。

不審な男たちについても、その後特に変わったことがあったわけでもなく、日々の忙しさに追われて、父や兄に報告してみることすら思いつかなかった。

その父や兄も忙しいらしく、休暇で短時間家に戻っても、顔を合わせずにすむ日々が続いている。

ある日、アルトゥは久しぶりに商人街へ出かけた。

セルーンの居間用に、固く詰め物をした座布団をいくつか用意する必要が生じたからだ。

商人たちも新都に引っ越し始めているらしく、幕屋が畳まれた部分はぽつんぽつんと空地になっている。

その中で、以前何度か買い物をしたことがある布商人の店がまだ商売をしているのを見つけ、アルトゥは中に入った。

店の幕屋の間口は広く、店のあるじと手伝いの男二人に、五人ほどの客がいる。

アルトゥが入っていくと、

「いらっしゃ……」

勢いよく言いかけた店のあるじの声が、急に小さくなった。

「……いませ」

取って付けたように、小さく言い終わる。

同時に、アルトゥに気付いた、あるじと話していた客たちが黙った。

ぎこちない沈黙が落ちる。

おそらく、王かセルーン、もしくはアルトゥ自身の噂話でもしていたところだったのだろう、とアルトゥは思った。

よくあることで、気にするほどのことではない。

そしてそういう場合、店の主人はそれまで相手をしていた客を待たせてアルトゥに向かい合い、先客も気まずそうにそそくさと用をすませて出て行ってしまうのが常だ。

しかし……今日は少し、様子が違った。

先客たちは黙ったまま、アルトゥに場所を譲るように一歩下がる。

「どうぞ、お先に。待ちますから」

アルトゥはそう言ったが、先客たちはそのまま出ていくでもなく、あるじの前にぽっかりと空間を作っている。

そして店のあるじは、いつもの愛想よさとは違う、ちょっとおどおどしたような卑屈な笑みを浮かべ、アルトゥに向かい合った。

「これは……アルトゥさん、今日は何をお求めで」

そう言いながらも、視線はちらちらとまるで助けを求めるように先客たちを見ている。

――なんだろう。

何か、アルトゥ自身の、よほどの悪口でも言っていたのだろうか。

まあいい、さっさと用事をすませてしまうに限る。

「これくらいの寸法の、円筒型の座布団を二つ、揃《そろ》いの柄で欲しいのです」

手で大きさを示すと、あるじは首を傾げた。

「出来合いででしょうか？　誂《あつら》えでしょうか？」

アルトゥは迷った。

セルーンは贅沢は好まないが、それでも王の隣に並ぶ特別な人として、あまり粗末なものを使うわけにもいかない。

それに、王やセルーンがあまりけちけちしていては、商人たちの信頼も得られないだろうし、王都に商人たちを集めるためにはある程度の金も使うべきだ。

そのあたりは、アルトゥの裁量に任せられている。

そしてこれまで、アルトゥが選んだものに対して、セルーンが不満を洩らしたことは一度もない。

「誂えですと時間はどれくらい？」

普段の商談の流れでアルトゥは尋ねた。

いつもだとこれで、誂えの線もあるのだろうと、あるじが奥から上等の生地などを持ってくるのだが……

「あいにくと」

あるじは言いにくそうに口ごもった。

「今は、王やセルーンさまにお使いいただけそうな生地を切らしておりまして……生地の取り寄せからですと、三月ほど」

珍しいこともあるものだ、とアルトゥは思った。

王都の商人は、いつでも「王の幕屋」の要求に応えられる品揃えを誇りとしているはずだ。新都への引っ越しの影響か何かで、仕入れに手違いが生じているのだろうか。

「でしたら、出来合いでよさそうなものを」

「それでしたら」

あるじが早口で被《かぶ》せてくる。

「こちらで見繕ってのちほど王の幕屋にお届けしますので、そこからお選びいただきましょう」

おかしい、とアルトゥは思った。

商談というのは、そんなにそそくさとすませるものではない。

たいてい、商人のほうがあれこれ提案して話を長引かせたがり、アルトゥのほうが適当に切り上げるのに、何かが違う。

あるじはまるで……そう、アルトゥを早く店先から追い払ってしまいたいかのようだ。

だからといって商品を売りたくないのではなく、あとから商品を持ってくると言う。

一瞬「何か不都合なことがあるのですか」と直截に尋いてみたい気持ちにかられたが、すぐに思い直した。

店の他の客に聞かせたくない話が何かあるのかもしれない。

「わかりました」

アルトゥは頷いた。

「では午過ぎくらいに、お願いできますか」

「かしこまりました」

あるじが頭を下げたので、アルトゥは店を出た。

店で感じた小さな違和感は、その日一日つきまとった。

街を歩いていて、誰かがアルトゥを見て何か噂しているのはいつものことだ。

だがそれが「氷の美貌」といった、聞こえよがしの褒め言葉ではなく、もっと何か秘密めいた囁きのようにも思える。

王の幕屋まで商品を持ってくると言ったあるじも、本人ではなく、店の小僧に商品を持たせて寄越した。

ということは……他の客がいないところで話がしたいというわけでもなかったらしい。

単に、忙しいだけかもしれない。

何しろ今は、新都への引っ越しを控えている。

街で噂されているように感じたのも、何か考えすぎたのかもしれない。

だが……小さな違和感が、実は大きな問題をはらんでいることもある。

もしも何か、王都の引っ越しという大事に生じて不埒《ふらち》な企みでもあるのなら、早めにセルーンに進言したほうがいいのかもしれない。

だが、なんと？

なんとなく避けられているような気がする……と？

あまりにも漠然としすぎていて、却《かえ》ってセルーンを困らせそうな気がする。

セルーンだって多忙なのだ。

周囲に注意してみて、もう少し何かがはっきりするまで待とう、とアルトゥは思った。

だがその機会もなく、その夜セルーンから、「明日から王とともに東の国境に出かけます」と告げられ、アルトゥははっとして尋ねた。

「何か、不穏なことが？」

「そうではありません」

セルーンは首を振る。

「ただ、最後の戦から少し時間が経ったので、このあたりで一度、王の姿を見せておこうというお考えのようです。国境沿いの民を視察し、ねぎらうという感じでしょう」

「でも」

アルトゥは首を傾げた。

「この時期に？」

今から東の国境の視察に出かければ、一ヶ月はかかるだろう。

新都への引っ越しは延期だろうか。

するとセルーンが微笑んだ。

「この時期だから、ということです。私たちはこの仮の王都から出かけて、新都に戻るのです。不在の間に引っ越しをすませてしまうというのが王のお考えです。そのほうが身軽に引っ越してしまえるでしょう？」

あ、とアルトゥは思った。

確かに、王とセルーンが直接ここから新都へ引っ越しとなれば、側近たちは何かしらの儀式、何かしらの体裁といったものを考えるだろう。

王も儀式張ったことは望まないとはいえ、ある程度そういう意向は無視できない。

それならいっそ兵を率いて出かけてしまい、そのまま新都に帰る方が、留守居役も事務的に引っ越しができて楽というものだ。

さすがに……面白いことを考える。

あの王は、民の心を摑《つか》むために盛大な儀式が必要だと思えば催すし、負担をかけまいとすればあっさり自分が行動してしまう。

「わかりました」

アルトゥは頷いた。

「では、お戻りになってもここと同じようにお寛ぎいただけるようにしておきます」

それが、自分に求められていることだとアルトゥにわかっていた。


翌日には王とセルーンは、五十騎ほどの精鋭を率いて旅立っていった。

セルーンが不在となると、アルトゥの仕事は暇になる。

アルトゥは、下働きの少年たちの部屋へ足を運んだ。

現在、十歳から十五歳までの五人の少年たちが王の幕屋で寝起きしており、交代制で夜番もある。

将来的にセルーンの側近候補ともなるべく、各部族から推薦された、賢い子ばかりだ。

「全員いますか」

アルトゥがそう声をかけながら入っていくと、何か小声で喋《しゃべ》っていたらしい少年たちが、飛び上がってアルトゥを迎えた。

五人全員がその場にいるのを確かめ、アルトゥは頷いた。

「皆も承知の通り、セルーンさまは王とともにお出かけになりました。少し長めの不在となりますが、その間に新都への引っ越しがあります。引っ越しの前後、交代で実家に帰省できるように考えています」

少年の一人は仮王都に親が住んでいるが、残りの四人は、それぞれの部族の宿営地が実家だ。

少年たちが交代で休暇を取って親元に帰れるようにするのもアルトゥの裁量だ。

少年たちは、少し緊張した面持ちで、無言のまま、アルトゥの言葉の続きを待っているようだ。

「幸い、引っ越しの準備はほぼ整っています。あとは、セルーンさまの日常お使いになるものを荷造りするだけなので、今日明日、誰か一人が手伝ってくれれば二日ほどで終わります。誰が手伝ってくれますか」

名乗り出てくれた少年以外の二人をまず帰省させようと考えながらアルトゥは言ったが……いつもなら積極的に「私が」と名乗り出てくれる少年たちは、なんとなく気まずそうに顔を見合わせているだけだ。

「……どうしました？」

アルトゥは、ふと違和感を覚えた。

そうだ……少年たちはなんとなく俯いて、アルトゥと視線を合わせようとしないのだ。

アルトゥは親しみやすい長上とは言えないかもしれないが、それなりに少年たちの尊敬を得られるよう努力し、ある程度慕われてもいる、と自負していた。

少年たちも悩みごとや困りごとがあったら個人的にアルトゥに相談したり、帰省すれば土産《みやげ》話をしてくれたりもしていたのだ。

だが、今日の彼らは……何か、様子が違う。

「どうしました？　ではこちらから……ダラン、お願いできますか？」

いつも率先して、アルトゥが命じなくてもてきぱきと仕事をする最年長の少年の名を呼ぶと、少年は困ったように左右の少年たちを見やり……

思い切ったように、アルトゥを見た。

「あの……あの、二人でお手伝いしてもいいでしょうか。その代わり、一日で終わらせますから」

左右の少年たちは驚いたようにダランを見て、それから戸惑ったように顔を見合わせている。

これではまるで……アルトゥと二人で仕事をするのをいやがっているように見える。

一対一がいやで、もう一人巻き込もうとでもしているかのような。

こういう、目に見えない抵抗のようなものを彼らから感じるのははじめてのことで、アルトゥは戸惑った。

「……私に何か、問題があるのですか。そうならこの場で言ってください」

声音が少し厳しくなるのを感じながらアルトゥがそう言うと……

ダランが思い切ったように言った。

「あの……あの……アルトゥさまに何か、というわけでは……あの、みんなで、手早く終わらせたいだけです。二人ずつでやらせてください」

それは本心ではない、とアルトゥは感じたが……同時にここで問い詰めても本音は聞けない、という気もする。

「わかりました。では二人ずつ、午前と午後に分けて……それでいいですね？」

アルトゥの言葉に、少年たちは顔を見合わせて頷き……「では、誰にするか決まったらすぐお居間へ」と踵を返したアルトゥの背中に、一人の少年が小さく「申し訳ありません」と言うのが聞こえ……アルトゥの胸には、もやもやとしたものが残った。

彼らも、自分たちの言動がアルトゥに不審を抱かせているとわかっているのだ。

それなのに、なぜ。

アルトゥと二人きりになりたくないというのは、どういう理由からなのだろう。

そう考えながらセルーンの居間に入ろうとすると、

「アルトゥ殿」

背後から呼び止められた。

王の幕屋内の伝令を務める兵だ。

「何か」

「父上から、至急父上の幕屋に戻られるよう、伝言だ」

急に、なんだろう。

休暇以外で家に戻れと言われたことは今まで一度もない。

もしや……家族に、母にでも、何かあったのだろうか。

「理由は、何か聞いていますか」

アルトゥは思わず伝令兵に尋いた。

王の幕屋で仕事をする者同士、顔見知りではあるが親しく口をきいたことは一度もない。

とはいえ、仕事で接する限り、親切でアルトゥにも敵意や悪意のないと感じられる相手だ。

伝令兵は、一瞬迷うように、唇を引き結び、それから思い切ったように言った。

「身の回りに、少し気をつけられることだ」

どういう意味か問う隙も与えず、伝令兵はそのまま背を向け、早足で去ってしまう。

——何かが、起きている。

アルトゥの中で、商人の態度、少年たちの態度などが、ふいに結びついた。

何かが起きていて、人々が、自分に関わり合いたくないと思っている。

そしてそれは何か……家族に関することではないのだろうか。

もしかすると、草原に出かけたときの不審者たちも、何か関係があるのだろうか。

それが自分の職務、セルーンの安全に関わることなら大変だ。

一刻も早く、とにかく事情を知らなくては。

アルトゥは、間もなくやってきた二人の少年に仕事の指示だけを与え、急いで王の幕屋を出て、父の幕屋に急いだ。

その道々でも、人々が何か、自分を見て囁き合っている……と思うのは、気のせいではない。

このおかしな雰囲気の裏に何かあると、もっと早くに気付くべきだったのだ。

父の幕屋の前まで来ると、人だかりがしていた。

何か囁き合いながら人々が幕屋の中を覗《のぞ》き込むようにしている。

慌てて「すみません」と人々をかき分けて前に出ようとしたとき——

さっと、人々が左右に割れ、アルトゥはぎょっとした。

兵が十人ほど、固まって幕屋から出てきたのだ。

その兵たちに、厳しい表情の父が取り囲まれている。

思わず「父上」と呼びかけそうになり、本能的に目立ってはいけないと感じてアルトゥは自分の口を両手で覆った。

父は口をへの字に結び、傲岸に正面を見据えたまま、兵たちとともに歩いて行く。

最後に、二人の男が幕屋から出てきた。

「……あれは、刑部大臣の側近だよ」

誰かが囁いたのが聞こえた。

刑部というのは、王が設置した、王都の治安を取り締まる役所だ。

ということは……父は、逮捕されたのだろうか。

と、誰かが背後からアルトゥの袖を引っ張った。

声を上げないようにしながらも振り向いて相手を確かめると、母のもとにいる、手伝いの老女だった。

唇に指を当て、アルトゥを幕屋の裏に導く。

集まっていた人々が、父を囲んだ兵たちが遠ざかるのを見ながら、「謀反《むほん》だ」「謀反だってよ」と囁き合うのが聞こえてきて、アルトゥの心臓がばくばくと音を立て始めた。

父は……謀反の容疑で逮捕されたのか。

老女が母の幕屋の扉を細く開け、アルトゥはその中に身体を辷《すべ》り込ませた。

と、中にいた母がアルトゥに飛びついてきた。

「母上、これはいったい」

「し」

母も、老女と同じように唇に指を当てる。

アルトゥは声をひそめた。

「どういうことなのです、父上が謀反、と聞こえましたが」

「そういう容疑のようです。本当か嘘《うそ》かは私にはわかりません」

母の顔は蒼《あお》ざめて、つとめて自分を落ち着かせようとしているようだ。

アルトゥは母の両手を取って、床に座らせ、自分も向かい合って座った。

「逮捕は王の命令ですか？」

「わかりません」

母は首を振る。

「ただ、しばらく前からお父さまが王に対して何か企んでいるという噂にお父さまが苛立っていらしたようで、フチテーと一緒に、何か対策を考えていらした様子はありました」

フチテーというのは、アルトゥの兄の名だ。

アルトゥの周囲で人々が噂していたのも、関わりを避けようとしていたのも、「謀反人の息子」という意味合いだったのかと思い当たる。

「それで、兄上は」

「昨日、ひそかに都から逃げ出したようです」

兄は、逃げた。

父とともに逮捕されることを怖れたのだろうか。

ということは……やはり何か、疑われるだけのやましいことがあったのだろうか。

身内ではあるが、権勢欲の強い父と兄を知っているアルトゥには、「なかった」とは言い切れないような気がする。

「母上は、他には何かご存知ですか」

アルトゥの問いに、母は首を振った。

「お父さまは、政治向きのことは私にはおっしゃらないので、私も洩れ聞いたこと以外は何も。あなたこそ何か、噂のようなことでも聞いていないの？」

アルトゥは首を横に振るしかなかった。

父や兄の思惑に乗らぬよう、政治的なことには関わりを持たぬよう、目も耳も塞いでいた結果がこれなのだとしたら……自分は間違っていたのだろうか。

「あなたも都から出た方がいいのかしら。部族の宿営地なら……」

部族の主立った男が都住まいをしているとはいえ、もともとの部族の領土には大勢の民が以前と同じように暮らしている。

何かあれば族長の息子として、助けを当てにできる存在ではあるが……

もし、父と兄の謀反が本当なら、族長の息子を匿《かくま》ったことで部族全体が罰せられるようなことになるのは避けるべきだ。

そして、もし濡《ぬ》れ衣《ぎぬ》なのであれば……それこそ、アルトゥには本当にやましいことはないのだし、父の情報を得るためにも、都に留まるべきだ。

さすがに妻には容疑は及ばないだろうから母はここに残るだろうし、だとしたら母を一人置いていくわけにもいかない。

それでもアルトゥにとっては、父と兄が「無実」だと信じ切れないことがやりきれない思いだった。


母と話してからとりあえずは仕事の続きをしようと王の幕屋に戻ったが、顔見知りの兵たちはみな、気まずそうに、アルトゥと視線を合わせることを避けた。

セルーンの居間に戻ると少年たちが働いていたが、やはり、アルトゥと同じ空間にいることが気まずそうだ。

アルトゥもそれを察して余計なことは言わず、淡々と仕事の指示だけをしていたところへ……

「ダェラフの息子はここか」

いきなりセルーンの居間に、数人の男が踏み込んできた。

ダェラフ……建国に功のあった軍務長である父の名を呼び捨てにする者は滅多にいない。

そして普段なら、アルトゥに断りもなくこの部屋に踏み入る者もいないはずだ。

入ってきたのは兵が数人……もちろん、顔見知りの者もいる。

そしてその兵たちを従えている男は、都の治安を任されている刑部大臣だ。

アルトゥは自分も逮捕されるのだろうかと思いながらも、しゃんと背筋を伸ばした。

「私がダェラフの息子、アルトゥですが」

そう言って大臣を真っ直ぐに見る。

この大臣も建国の功労者の一人で、有力部族の族長だ。

さらに言えば、もともと草原でもアルトゥの部族と肩を並べる大きな部族で、過去には部族同士の戦が何度もあったし、王による建国後も、父が政敵と見なしている相手でもある。

軍務長と刑部大臣……父は大臣という肩書きを欲していたが、実際には都の治安を取り締まるよりも戦で軍を動かす父の権限のほうが強いとも見なされていたから、地位としてはほぼ同等のはずだった。

だがそれも、草原の部族をまとめ、東の大国との戦も一段落した今、微妙に力関係の変化があり、父が焦っていたのは事実だ。

大臣は、セルーンの居間を見渡した。

セルーンの荷物はきちんと整理され、順に荷造りをしている最中だ。

そしてその仕事をしている二人の少年は、部屋の隅で縮こまっている。

大臣は再びアルトゥを見た。

「お前を、現在の仕事からはずす。新都への移動は、他の者に采配させる」

その威圧的な口調に、アルトゥは反発したくなった。

「私の身分は、王から直接任命されたものです。王の命でなければ、はずれるわけにはいきません」

アルトゥが反論するとは思わなかったらしく、大臣は一瞬鼻白んだように見えたが、すぐにさらに威圧的に言った。

「だが王はお留守、その間都の治安に責を負っているのは私だ。正式な罷免《ひめん》は王がお戻りになってからにせよ、謀反人の息子に、セルーンさまの私物を扱わせるわけにはいかない」

……ということは、まだ自分は逮捕されるわけではないのだ、とアルトゥは思った。

アルトゥが兄ほどには父としっくりいっていないことは、秘密でもなんでもない。

セルーンさまがいらっしゃれば、とアルトゥは唇を噛んだ。

父の容疑が固まったわけでもなく、アルトゥが荷担していた証拠もないのなら、アルトゥの任を解くわけにはいかないと……公平なセルーンならそう言ってくれただろう。

だが今は、仕方がない。

「……わかりました。ですが、荷造りと荷ほどきについての指示を言い置いてもいいでしょうか」

引っ越しの任務から外されるのなら、アルトゥが考えていたこと、アルトゥしか知らない

ことを誰かに引き継がなければいけない。

しかし大臣は馬鹿にしたように首を振った。

「そんなことを許すわけにはいかない。セルーンさまを害するような秘密の伝言が紛れていないとは限らないからな」

——自分が、セルーンさまに害をなすというのか！

あまりの言いがかりにアルトゥの頭にはかっと血が上ったが、かろうじて自分を抑えた。

「わかりました」

仕方がない。

今すぐ、おとなしく、ここを出ていくしかない。

アルトゥがちらりと少年たちを見ると、怯《おび》えた二人と目が合った。

後を頼む、と懇願するような視線を彼らに送ってから、アルトゥはセルーンの居間を出た。


軍務長が謀反で逮捕されたという噂は、あっという間に都じゅうに広がった。

その長男は都から逃亡し、追っ手がかかっている。

そして……下の息子、セルーンの側近であるアルトゥだけが残っている。

アルトゥの周りからはさあっと人が引いていき、誰もいない場所にぽつんと取り残されたようだ。

王の幕屋の中にある自室に戻ることすら許されなかったので、アルトゥは手ぶらで母のもとに戻るしかなかった。

父は都のどこかに監禁されているらしい。

そもそも「謀反」というのが具体的にどういうことなのかもわからない。

戦の中で、命令に従わないとか、脱走とか、寝返りとかには、時には死を伴う厳しい罰則がある。

だが、戦ではない比較的平穏な状態での、大がかりな「謀反」というものを、この国はまだ経験していない。

王に害をなす計画、ということか。

もしくは王に取って代わろうというような計画か。

父にかけられた容疑はどういうものなのだろう。

西の方の大国では「裁判」という制度があり、王に信任された識者たちが協議して有罪無罪を決め、罰を下すらしいし、東の国ではすべては王の一存で判断するらしい。

この国の王は、西の国のような制度を目指しているようだが、今はまだ法律を作っている最中であり、案件によって王が判断したり、大臣たちが協議したりしている。

そんな中で「謀反」という容疑で逮捕された父が、どのようなかたちで、どのような処分を受けるのかさえ、わからない状態だ。

「とにかく、王のお戻りを待ちましょう」

アルトゥは、母にそう言うしかなかった。

「王がお戻りになれば、何かしら、王の裁断を仰ぐことになるはずです。王は公平な方ですから……」

その公平な王が、父を「有罪」とみなしたらどうなるのか、という不安をアルトゥは母の前では呑《の》み込んだ。

もし、父や兄が死罪ということになったら。

自分も連座するのだろうか。

父が族長として率いる部族の行く末はどうなるのだろう。

これが草原の部族同士の戦なら、適当なところで勝敗がつき、人質のやりとりなどをして落としどころを見つけるから、どちらかがどちらかを滅ぼす、ということは滅多にない。

だが、生まれたばかりの、これからようやく法律などを制定して国の基礎を固めようというこの国では、何が起きるのか想像もつかない。

母は、毅然《きぜん》としていた。

「どうなるにせよ覚悟はできています。これまでも、戦で負ければ人質にやられるかもしれず、勝てば妾を受け入れなければならないという覚悟をしてきたのですから」

草原の有力部族の族長の妻、という立場は決して気楽なものではない。

夫が負けて自分が他部族に人質として取られることも、夫が他部族から人質として妾を受け入れる可能性を覚悟するのも、母にとってはずっと「戦」だったのだろう。

「ただ」

母はアルトゥに言った。

「あなたは、お父さまやフチテーとは違います。あなたには何か、別の生き方があるように思います。だから……あなたが巻き込まれなければいいと思っていますよ」

別の生き方。

確かに、父や兄のように、戦に明け暮れ、戦がなくなれば政争に力を注ぐような生き方はアルトゥには共感できない。

だが……だからといって、他にどういう生き方があるのだろう。

セルーンの側仕えは、やりがいもあるし、好ましい仕事だった。

だがそれでも常に「居場所はここではない、どこかに行きたい」という想いはあったのだが、それは「生き方」とは違う……覚悟の定まらないふわふわした夢のようなものだ。

渦巻く嵐の中心で、周囲から切り離された奇妙に静かな時間を過ごしていたある日、アルトゥの幕屋に母がやってきた。

「アルトゥ……あの、お客さまなのだけれど」

少し戸惑った母の様子に、アルトゥはさっと緊張した。

こんな状態のアルトゥに社交的な訪問などあるはずもない。

役人か何かが……父の言動とか、出奔した兄の行方とかを、アルトゥに糾《ただ》しにでも来たのだろうか。

「お会いします」

深呼吸して気持ちを落ち着かせてからそう言うと、母が入り口の垂れ布を捲ったまま振り返った。

「どうぞ」

「どうも、ご母堂にもお手数をおかけしました」

聞こえたのは拍子抜けするほど明るい、あっけらかんとした声だった。

同時にのそりと姿を現したのは……

「ムラト！」

思いがけない姿に、アルトゥは思わず声をあげた。

ムラトだ。

いつものの、草原の服装に、西の国の風習である布を頭に巻き付けたムラトが、アルトゥを見てにっと笑う。

「元気そうだ」

「あ……あなたはいったい、何をしにここへ……」

「顔を見に。退屈してるんじゃないかと思って」

悪びれる様子もなく、ムラトはあっさりと答える。

まるで、アルトゥの家族に起きたことなど知りもしないように、アルトゥが休暇を取ってでもいるかのように……退屈、などと。

ふざけているのだろうか。

「退屈はしていません、顔はこうして見せました。ご満足ですか」

目的は果たしたのだから帰れという意味を込めてそう言ったのだが……ムラトはそのまま、アルトゥの幕屋の中に入ってくる。

「うん、よかった。外の空気は吸ってるか？　遠駆けにでも行く？」

「と――」

遠駆けをする、など。

アルトゥが馬に乗ってどこかへ出かけたら、それこそ兄に続いて逃亡を図っていると思われるに違いないのに、無茶なことを言うものだ。

「出かけられるわけがないじゃないですか」

「なんで？　別に誰かに、謹慎を命じられてるわけじゃないんだろ？」

ムラトの言葉に、アルトゥははっとした。

確かに……セルーンの私物を扱う、新都への引っ越し作業からははずされたが、正式に罷免されたわけでもないし、家にいろと言われたわけでもない。

ある意味アルトゥが勝手に、父の幕屋に引きこもっているだけだ。

「で……でも」

アルトゥは反論しようとした。

父が謀反の疑いで捕らえられ、兄が逃亡している状態で、それ以外にどういう行動を取れというのだろう。

「外に出れば……疑いの目が……」

「あれ？　他人の視線を気にするような人じゃないと思ってたんだけどなあ」

ムラトはなんだか楽しそうだ。

「いつだって、しゃんと頭を上げて、背筋を伸ばして、他人のお世辞も陰口も聞き流してるのがあんただと思ってた」

……そうだ。

他人が何を言おうと気にせず、自分が取るべき行動を取る……これまで、そうしてきたはずだ。

「どうせ外は、引っ越しで大騒ぎだ。住人の半分以上はもう新都に移ったし、王の幕屋の引っ越しもはじまっていて、見物人はそっちに押し寄せてる。なんだったら、見物に行く?」

本当ならアルトゥが関わるはずだった作業を「見物に」などと言うムラトに一瞬かちんと来たものの、気にかかっているのは確かだ。

セルーンの私物の中には、繊細なものや高価なものもあれこれある。

指示する者が不在で、少年たちはきちんと荷造りできただろうか。

もちろん、ただの見物人に混じっては、そんなことまでわかるはずはないのだが。

とにかくムラトは……外に出よう、と誘ってくれているのだ。

確かに、ここに閉じこもっていては気が滅入る一方だ。

「……そうですね」

アルトゥが頷くと、ムラトは嬉しそうに笑った。

「よし、じゃあ出かけよう」

先にたって幕屋を出ていくムラトに続いて、母に断りを入れてからアルトゥも外に出ると、久しぶりに吸う外の空気は、確かに気持ちがよかった。

閉じこもっていると時間の感覚も失いがちだったのだが、もう午後も遅く夕暮れの気配が漂い始めているというのに、仮王都の雰囲気は雑然とざわめいている。

そここの幕屋が畳まれて空地になり、大きな荷物を積んだ馬や手押し車が行き交っていて、日暮れまでに新都に着いてしまおうという人々の流れだとわかる。

そんな雰囲気の中でも、久々に姿を現したアルトゥを見て、指を差し何か囁き合っている人々の姿は、いやでも目に入った。

アルトゥが唇を噛んだとき……

「あれえ」

ムラトが気の抜けた声をあげた。

「あそこの店で夕飯に饅頭《まんじゅう》を買おうと思ったのに、もう幕屋を畳んじゃってる。あそこの饅頭食べたことある？」

「え……いえ」

アルトゥが思わず首を横に振ると、

「ええ、なんで？」

ムラトはおおげさに驚いて見せた。

「都にいて、都一番の食べ物を知らないなんて、どうかしてるよ。新都の店の場所を聞いておくから、そのうち絶対に、一緒に行こう」

なんであなたと饅頭を食べに……と言いかけ、アルトゥははっとした。

アルトゥをこそこそ見ていた人々が、拍子抜けしたように顔を見合わせたり、肩をすくめてその場を離れていくのが見える。

ムラトの態度から、気軽な散歩ができるくらいだからアルトゥの身の上に何か変化が起きたわけでもないようだと思ったのだろうか。

もしかするとムラトは、そういう印象を与えるためにわざと、アルトゥを外に連れ出したのだろうか。

ムラトはあちこちの路地を覗き、引っ越してしまった店を確かめたり、まだ残っている店のあるじに声をかけたりしながら、次第に王の幕屋へと近付いていく。

大きな幕屋を連ねて威容を放っていた王の幕屋は、半分ほどが解体されていた。

セルーンの私室部分も、柱に巻き付けたフェルトの布がはがされている。

ということは……私物の移動は、もう終わったのだ。

今日の作業はそれで終了のようで、見物人も次第に離れていく。

アルトゥがいなくても、ものごとは進んでいく……考えてみれば当然のことで、一つの場所にあったものをきちんと梱包《こんぽう》し、移動先でまた開封するくらいのことは、誰にだってできるのだ。

引っ越し作業のことだけではなく……セルーンの側仕えという仕事だってそうだ。

セルーンは口うるさくも意地が悪くもなく、多少の粗相は微笑んで許してくれる人間であり、そうやって仕える者の心を摑むから、誠心誠意仕えたくなる。

アルトゥ以外の人間でも、うまくやれるだろう。

こんなふうに「王の幕屋」の仕事から離れてみると、自分が別に唯一無二の存在などではないとわかる。

じっと王の幕屋を見つめていたアルトゥの腕を、ムラトがそっと引っ張った。

「行こう」

これ以上ここにいても、別に見るものもない。

アルトゥは頷いた。

なんとなくムラトについて歩いて行くと、ムラトはまだやっている二軒ほどの店に寄り道をして肉の煮込みやパンなどを買い込み、最後に、仮王都のはずれの厩舎《きゅうしゃ》が建ち並ぶ一角、一人暮らし用の小さな幕屋が連なっている場所に向かった。

ひとつの幕屋の前で立ち止まり、入り口の、木枠の扉を開けると、アルトゥを見る。

「ようこそ、狭いところだけど」

「え……あ」

ムラトの幕屋だ、とアルトゥは気付いた。

目的のない街歩きのような感じで、気付いたらムラトの幕屋に着いていたのだ。

「いえ、お邪魔する気ではなかったので」

はじめて訪問する他人の家に、手ぶらで来るなど言語道断だ。

後ずさろうとするアルトゥに、

「そんな堅苦しい話じゃないって。俺だってさっき手ぶらで迎えに行ったんだし」

それはそうなのだが……と戸惑っているアルトゥの背後に回ってふざけるように両手で背中を押し、ムラトはアルトゥを幕屋の中に押し込んでしまう。

「晩飯くらい一緒に食おう、そのつもりで買い物をしたんだし、馬乳酒のちょっといいのがあるんだ」

「でも、私は……自分の椀も……」

遊牧生活では自分の椀を持ち歩くのは当然のことだが、仮王都という定まった場所で暮らすようになるとさすがにその習慣も薄れてきている。

どうしても椀が必要なら家に取りに戻ればいいだけのことだし、たいていの家では、客人用の椀を用意するようになってきていた。

それどころか、未だに常に自分の椀を持ち歩く者をなんとなく「田舎者」という目で見るようになってきてさえいるが、アルトゥはそういう風潮には眉をひそめている。

椀を持ち歩くことは、草原の民の、古くからの生活の知恵であり、そうやって生きることが草原の民の誇りだという気がするからだ。

しかしムラトは、さっさと幕屋の扉を閉めてしまう。

「急な客人用の椀くらいあるって。西の国ではそっちが当たり前なんだよ。さあ、そのへんに座って」

ムラトが半分西の国の人間であり、そちらの習慣だと言うのなら……と考えることにして、アルトゥは靴を脱ぎ、一段高くなった場所に座った。

幕屋はごく一般的な、一人で暮らすのにはちょうどいい広さのものだ。

入り口を入って右側の半分は土間で、かまどがあり、水瓶や、食料が入っているらしい壺《つぼ》などが二、三置かれている。

小さな棚がひとつあるが、見たことのない、紫色に近い茶色の木でできているようだ。

アルトゥが座った一段高くなっている場所には、普通の幕屋と同じように何枚もの厚地の絨毯《じゅうたん》が敷かれ、壁掛け布がかかっているが、その中にもどことなく異国を思わせるものがある。

絨毯は古いもののようだが手触りが滑らかで、不思議な幾何学模様が連なる見慣れない柄だし、壁掛け布には象やらくだなど、草原では見ない生き物が刺繍されている。

幕屋全体が……ムラト本人がまとっているのと同じ、半ば草原の、半ば西の異国の風情を漂わせている。

それがアルトゥには、不思議と心地いい。

「ほら、椀」

ムラトが棚からいくつかの椀を出してきて、アルトゥの前に並べた。

「こっちは東の国の、陶器の椀。茶の味が美味《うま》く感じる。こっちはちょっと贅沢な銀の椀。酒はこれで飲むと最高だ」

アルトゥは思わずその銀の椀を手に取り、つくづくと眺めた。

セルーンも儀式用の銀の椀は持っているが、ムラトのものはそれとは違い銀の塊というわけではなく、木の椀に銀の箔《はく》を被せてあるようだ。

見た目は硬質なのに、手触りがやわらかい。

これに唇をつけたら心地よさそうだ。

「その椀気に入った？　ってことは、酒だな」

ムラトが笑いながらそう言って、アルトゥの前にあぐらをかく。

「え、いえ、そういうわけでは……」

椀自体を珍しいと思って眺めただけだったのに、ムラトは「まあまあ」と言って、小ぶりの壺の蓋を開ける。

少し酸味のある馬乳酒のよい香りが鼻腔《びくう》を刺激した。

アルトゥの手にある銀の椀になみなみと注《つ》いでから、

「俺はこっち」

と、自分用に、外側に凝った模様が描かれている陶器の椀を選び、同じように酒を注ぐ。

酒など酌み交わす気ではなかったのに、どういうわけかムラトといると、その調子に簡単に巻き込まれてしまうような気がする。

口をつけてみると……確かにそれは、かなり美味い酒だった。

「いいだろ？」

アルトゥの表情を見ていたムラトがにやりと笑う。

「食べ物は適当だけど、酒だけはいいのを買うんだ。俺の母親が酒造りの上手《うま》い人で、あの味を覚えちゃったから舌が贅沢なんだ」

アルトゥはもともと、それほど酒を呑むほうではない。

父や兄と食事をするときや、部族の集まりなどで付き合いで呑む程度で、酒を美味いと思ったこともあまりないのだが……

「これは、確かにおいしいです」

アルトゥが頷くと、ムラトは壺を手にしてアルトゥの椀に注ぎ足す。

「馬乳酒もいいけど、らくだの乳の酒も結構いける。でも、今までで一番美味いと思ったのは、ぶどうの酒かなあ」

「ぶどうの酒？」

アルトゥは思わず繰り返した。

草原ではぶどうは取れない。

草原の食事に必須となっている干しぶどうも、西の方から商人が運んでくるものだ。

ぶどうの酒など呑んだことどころか、見たこともない。

ムラトは頷いた。

「美味いし、作り方も面白いんだ。収穫したぶどうを女たちが足で踏んで潰すんだよ」

足で潰す。

アルトゥの頭に、大きな容れ物の中に女たちが裸足《はだし》で入り、裾を捲って楽しそうに踏みつける不思議な光景が浮かぶ。

「女の人でなければいけないんですか？」

アルトゥが尋ねると、ムラトは笑った。

「酒は、男たちの方がよく飲むから、男の足で踏んだ酒を飲みたいかどうかって話なのかもしれない」

それから、部屋の片隅に積み上げてあった荷物の中から、何か包みを引っ張り出してくる。

「そうそう、酒といえば、ちょっと珍しいものがあるんだ。酒を持ち歩くときに、こういうものを使う場所があるんだよ」

包みから出てきたのは、かなり大きな角を細工したものだった。

「これは、なんの角なんですか？」

象牙よりも太くて短い角にアルトゥは驚いて尋ねた。

「牛の一種らしいんだけど、俺も実物は見たことがない。ここにこういうふうに蓋を取り付けて、紐で下げられるようにしてある。革袋よりも、酒が酸っぱくならなくて長持ちするらしい」

ムラトの話は興味深いものばかりだ。

王が草原をまとめて都を造ってから、東西の商人が運んでくる珍しいものをいろいろと見聞きするようになったが、それでも世界にはまだまだ知らないことがたくさんある。

アルトゥが興味を引かれたのに気をよくしてか、酒でさらによく回るようになった舌で、ムラトは西の国々の食べ物や習慣などについて話し……

ふと言葉を止めて、アルトゥをまじまじと見た。

「こういう話……興味のないやつもいるんだけど、あんたは好きなんだな」

はっとしてアルトゥはムラトを見た。

気がつくと夢中になってムラトの話を聞き、さらに問いかけるようなことまでしていたのだ。

「西の国に興味がある……？　いや、ちょっと違うな」

ムラトはアルトゥと視線を合わせたまま、ちょっと首を傾げる。

「あんたはきっと……今いる場所じゃない、他のどこかに興味があるんだ」

アルトゥはぎくりとした。

今いる場所ではないどこか、というのは……アルトゥが常に、思考の表面に浮かび上がりかけるのを沈めてきた言葉と同じだ。

今いるのは自分の本当の居場所ではないような気がする、という思い。

誰にも悟られないようにしていたそんな思いを、ムラトに見透かされてしまったのだ。

「……私は……」

アルトゥがなんと答えればいいのか躊躇うと、

「俺も、そうだ」

ムラトははっきりとそう言った。

「俺も、いつでも……今いる場所が俺の居場所じゃない、と感じている。同じ場所にずっといると、そこに閉じ込められたような気がして怖くなる」

その声音が、いつもの軽さを失って、真剣であることにアルトゥは気付いた。

「同じ場所に……閉じ込められた……」

「あんたも、そう思ってるんじゃないか？」

その言葉が、真っ直ぐにアルトゥの胸に刺さった。

ムラトは言葉を続ける。

「あんたの……目を見てて、そんな気がした。まるで罠《わな》にかかった動物みたいに、諦めきった目で、ここじゃないどこかを探している、と思っていた」

そんなふうにムラトに観察されるほど、ムラトと顔を合わせたことがあっただろうか。

それとも……一目でわかるほどに、自分はそんな「諦めきった目」をしていたのだろうか。

「俺も、ずっと、どこかを探している」

ムラトの声が低くなる。

「俺は……母は草原の民で、父は西の国の旅商人で……何ヶ月もいなくなる父を、母と一緒に待ちながら育った。母の寂しさを知っていたはずなのに……俺も、見知らぬどこかに憧れて、大人になるのを待ちきれずに家を出た」

ふうっとため息をつく。

「ずいぶん、あちこちをほっつき歩いた。それでも、俺が探していた場所は、どこにもなかった」

「私の探している場所も……どこにもないのでしょうか」

思わずアルトゥは言った。

どこにいても自分の居場所ではないと感じて……結局、存在しない場所に憧れているだけなのだろうか。

一生、足元が心許《もと》ない状態のまま、存在しない場所に焦がれて生きているのだろうか。

そう思った瞬間、胸が締め付けられるように痛み……視界が潤んだかと思うと、ぽろりと涙が頬に零れた。

こんなことで、人前で泣くなんて、ばかげている。

酔ったのだろうか、きっとそうだ、と思っていると……

ムラトが少し身を乗り出して、その涙を指先で掬《すく》った。

顔の位置が、近い。

向かい合って座っていたはずなのに……いつの間にこんなに、距離が縮まっていたのだろう。

瞬きをすると、ムラトの目がすぐそこにあった。

わずかに茶色がかっていると思っていた瞳は、実際には緑や紫が混じったような、複雑な色合いなのだと気付く。

その目が少し細くなって、さらに近付いたかと思うと……

唇に、温かいものが触れた。

ムラトの唇だ。

どうして……ムラトと自分が、唇を重ねているのだろう？

そう思いながらも、その温もりがなんだか気持ちよくて、アルトゥは目を伏せる。

やわらかく押し付けられた唇は、アルトゥの唇を食《は》むような動きをしてから、離れた。

しかし、鼻と鼻は触れ合うくらいの位置のままだ。

「……慰めても、いい？」

慰める、とは何を？

居場所がないと感じている、寂しさを？

今のこの……中途半端な状況で鬱々としている気持ちを？

肌と肌を重ねることで？

アルトゥにはこれまでそういう経験はないが、いい年をした大人だ。どういうことかくらいは知っている。

これまで経験がなかったのも、機会もなければそういう気持ちになる相手もいなかっただけのことで、特別な相手でなければ、といった貞操観念のようなものがあるわけでもない。

そして……ムラトとこうして息を感じられる距離にいることは、意外にも不快ではない。

だが……いい、と答えてしまうと、ムラトとの関係に何かしらの縛りが生まれるのだろうか。

すると、アルトゥの躊躇いの意味を察したように、ムラトが言った。

「別に、深い意味はなくて。今だけのことで、約束もなにも迫らない。気軽な感じで」

だったら、別に。

「……やってみればいい」

アルトゥが素っ気なく答えると、ムラトが小さく笑った気配がして、そしてまた唇が重なった。

自分もムラトも酔っているのだと頭の隅で考えながら、アルトゥはその唇を受け止める。

ムラトの手がアルトゥの頬を包み、唇をさらに強く押し付けられる。

やわやわと唇で唇を食み……アルトゥの唇の合わせ目を舌先でくすぐるようになぞる。

頸の後ろにぞわりとした何かが走って、アルトゥは唇を緩めた。

濡れた肉の感触が忍び入ってくる。

ムラトの、舌。

しらふで冷静なときのアルトゥならきっと、こんなふうに舌で口腔内を探られ、舌と舌を絡めることになんの意味があるのだろう、などと思っただろうが……頭の芯《しん》が酒でじんわりと痺《しび》れて、思考が鈍くなってでもいるのか、拒みもしないで受け入れている。

ぬるりとした感触は心地いいと感じなくもない。

ムラトがアルトゥの腰を支えるようにして、絨毯の上に押し倒した。

唇を深く重ねたまま、手でアルトゥの襟の紐をほどき、合わせ目をはだけさせる。

素肌にムラトの掌《てのひら》が触れ、服を脱がせながら肌を擦《さす》り、探っていく感じは、気恥ずかしさと、居心地の悪さのようなものと同時に、何かむずむずとしたものを感じさせる。

ムラトの手が腰骨のあたりを撫《な》でると同時に、絡み合っていた舌をきゅっと吸われて、つきんと耳の付け根が痛んだが、それも不快ではない。

他人の体温というのが……意外にも心地いい、とアルトゥは頭の片隅で考えていたが、ムラトの手が下穿《したば》きの中に忍び込むとぎくりとして身を竦《すく》ませた。

手が、性器を握り込む。

いや……そこを触るのは知っている。

自分で、一人でするときのように、男同士で相手のものを握り、擦《こす》り合うような行為は、女気のない放牧地では割合気軽に行われている……と、聞いている。

だがアルトゥにはそういう経験すらない。

やわ、と握られ数度擦られると、その刺激だけでじわりとそこに血が集まっていくのがわかり、アルトゥは思わず強く首を振った。

「……やっ」

重なっていた唇が離れ、声が出る。

しかしムラトの唇はアルトゥの唇を追いかけてきて、再び押し付けられた。

すぐにまた舌が入ってきて、尖《とが》らせた舌先で歯列をなぞり、口蓋を撫でる。

その動きに、何かぞわぞわしたものが、背筋を這《は》い上がってくる。

悪寒に似ていて……どこか、違うもの。

身体の奥深くに生まれた熱の塊が、焦《じ》れったいような速度で全身に広がっていくような感じ。

「んっ……っ」

ムラトの手は巧みにアルトゥのものを追い上げていく。

根元から扱《しご》き上げ、指の腹で先端をくるくると撫で、そのぬるつく感触は、自分の中から滲み出しているものなのだと気付いて、アルトゥの身体がかっと熱くなった。

ムラトの手つきが慣れているふうなのが、なんだか悔しい。

だが、深く唇を重ねられて息がしにくく、頭の中がぼうっとしてくると、そんな悔しいという気持ちすら押しやられていく。

だめ、だ……！

このままだとまずい、と思ったときには、アルトゥの腰の奥から止めようのない熱が湧き上がってきて——

「……っ……んっ……、んっ……っ……っ」

唇を塞がれたまま、アルトゥは身体をのけぞらせて達した。

絞り出すようにさらに数度扱かれ、

「……ふ、うっ……っ」

手と唇が同時に離れていくと、自分の荒い息が耳につく。

「……早かったな。溜まってた？」

ムラトがからかうような口調でそう言ったのが聞こえ、アルトゥはきつく閉じていた瞼《まぶた》を開けた。

目の前にあるムラトの瞳が、笑いを含んでいる。

「……っ、こ、こんなふうにされれば……誰だって」

思わずアルトゥがそう言ってムラトを睨《にら》むと、ムラトが軽い笑い声をたてた。

「それって、俺が上手いって褒めてくれたのかな。あんたのこれまでの相手はよっぽど下手だったんだろう」

アルトゥに少なくとも何かしらの経験があると疑ってもいない口調に、アルトゥは思わず唇を噛んだ。

なんとなく……未経験とは言いたくない。

「でも」

ムラトはにっと笑い、額と額をつけるようにして、間近でアルトゥの目を覗き込んだ。

「意外と反応がいいな。今度は顔を見たい」

今度は……つまり、今ので終わりではないのか、とアルトゥは内心ぎくりとしたが、確かにただ触られていかされただけでは、あまりにも一方的だ。

ということは……

ムラトが唆すように囁く。

「もうちょっと慰めついでに、俺も慰めてもらってもいい？」

アルトゥはなんだか逃げ出したいような気持ちになっていたが、自分だけすっきりして逃げるのは卑怯《ひきょう》というものだろう。

ムラトから視線を逸らし、躊躇いながらも、自分の手をムラトの股間に這わせると……そこは熱を持って硬くなっていた。

「ん」

衣服の上からアルトゥが軽く触れただけで、ムラトは唇を噛んで息を漏らす。

これを……こっそりと自分で処理するときのように……いやそれよりも、今ムラトがアルトゥにしたように、とにかく触って擦って、いかせればいいのだろう。

アルトゥは思い切って、掌でそれを包んだ。

と、布越しにどくりと脈打ち、体積を増したのがわかる。

ぎこちなく掌で上下に擦ると、ムラトが低く言った。

「あまり焦らさないで……直接、触ってよ」

その声に含まれた熱が、アルトゥを落ち着かない気持ちにさせた。

焦らしていたつもりでは、もちろんない。

ムラトが直接触ってくれたのだから……自分も当然、そうすべきだ。

手探りで紐を解《ほど》こうとしたが、うまくいかない。

どうしてこんな、固結びにしてあるのだろう。

かすかな苛立ちを覚えながら、アルトゥはムラトを押しのけるようにして身体を起こし、半ば身を横たえているムラトの腰の脇に座って、紐を解こうとしたが、指が震えてどうしてもうまくいかない。

「ちょっと待って」

ムラトがそう言って、するりとなんなく紐を解いたので、アルトゥはなんとなく悔しいような思いで、思い切って合わせ目を左右に広げた。

ムラトの性器が飛び出すように顔を見せる。

他人のものを……しかも興奮したものを、こんなに間近で見るのははじめてのことだ。

もちろんアルトゥのものとかたちも色も違うし……かなり大きい、とも思う。

だが、機能は同じのはず。

アルトゥは思い切ってそれを、両手で包んだ。

「あ」

ムラトの声は、単純な、気持ちのよさを伝えてくる。

ぎこちなく両手を上下させると、ムラトのものが脈打ってさらに硬さを増した。

自分でするときには、擦るだけだが……さきほどムラトがアルトゥにしたように、先端を触ったりしたほうがいいのだろうか。

躊躇いながら指先で先端の丸みを撫でてみると、ムラトが小さく「う」と呻《うめ》くような声をあげる。

先端からじわりと滲み出したものに気付き、それを指で掬って、そのぬめりを先端に擦り付ける。

ひたすら、ムラトが自分にしたことをなぞっていると、なんだかアルトゥの腰のあたりがまた、ぞわぞわとしてきた。

まるで……ムラトの手でもう一度、自分のものに触れられているかのような錯覚を覚える。

ぬめりは驚くほどの量が分泌されて、いつしかアルトゥの掌全体を濡らし、その手でムラトのものを擦っていると、くちゅくちゅと濡れた音が響き出す。

もう少し、だろうか。

もう少し頑張れば、手の中のこれが大きく脈打って、白いものを吐き出すのだろうか。

それを、どうやって受け止めればいいのだろう。

ムラトがどうやってくれたのか、わからないが……飛び散らないように掌で蓋をしたほうがいいのだろうか？

自分がそうされたのかもしれないと想像しているうちに、アルトゥの全身が熱くなり、股間に血が集まっていくのがわかった。

どうしよう……ムラトをいかせなくてはいけないのに、自分が興奮している。

どうかしている。

なんとか抑えなくては、と思うのにうまくいかず、もじもじと腰が揺れ出す。

「もしかして……また、来た？」

ムラトがそう言ったので、アルトゥはかっと赤くなった。

気付かれた。

それもこれも……ムラトがさっさといってくれないからだ。

自分が下手なのがいけないのかもしれないが……なんとか、手っ取り早く。

その瞬間、アルトゥの脳裏に、どこかで聞いた言葉がよぎった。

口、で。

そうだ、確か、口でする……という行為もあるはずだ。

男たちの集まりで、酒が入ったときの猥談《わいだん》にアルトゥは嫌悪感を持っていたのに、ここでまさかその聞きかじりを頼りにするはめになるとは。

そのとき、ムラトが上半身を起こし、アルトゥの腰のあたりに手を伸ばしてきた。

すぐに、はだけたままだったアルトゥの服の間に潜り込み、再び硬くなりかけている性器を探り当てる。

「んっ……っ」

ムラトの大きな手に包まれ、思わず洩らした声が自分でもぎくりとするほど甘く、アルトゥは焦り……

思い切って、ムラトのものに唇をつけた。

塩気のあるぬめりが舌に絡む。

「う……わ」

ムラトの声が驚きと同時に快感を帯びていて、これならうまくいきそうだ、とアルトゥは思った。

とりあえず両手で幹を握って上下させながら、先端を唇に含んで舌で舐《な》めてみる。

なめらかで……熱い。

幹も、薄い皮膚の舌で芯を持って、硬く反り返っている。

ムラトの手がやんわりとアルトゥのものを握って扱き始め、アルトゥの息は次第にあがってきた。

身体全体が火照《ほて》って、ムラトの手の動きに合わせて腰が揺れるのを必死で堪《こら》えながらムラトのものを弄《いじ》っていると、まるで自分のものがムラトの唇で愛撫《あいぶ》されているようなおかしな錯覚を覚え、興奮が増す。

——この男が、巧《うま》いから、いけないのだ……と口惜《くや》しい。

「んっ……ん、んっ……っ」

いつしかムラトを含んだアルトゥの唇から、甘い声が上がり出す。

どうしよう、このままではムラトより先に、また……！

ムラトの指がアルトゥの先端をくじった瞬間、鋭い快感が背骨を駆け上がり、アルトゥは思わずムラトから唇を離した。

濡れそぼったムラトのものが、アルトゥの頰を打つ。

「ごめん、もうだめだ」

そう言ったのは、ムラトのほうだった。

アルトゥの性器から手を離し、肩を摑むようにして身体を入れ替え、アルトゥを再び絨毯の上に押し倒すと、アルトゥの下穿きを引き下ろして脚から抜く。

「なっ……」

上半身ははだけた衣服をまとったまま、下半身だけ剝《む》き出しにされ、アルトゥはあまりの無防備さに驚いて身体を捩《よじ》って逃げようとしたが、ムラトはアルトゥの脚の間に身体を入れて、腿を大きく広げてしまう。

どうして……どうして自分は、もっと本気で抵抗して逃げようとしないのか。

頭の中が火照って、まともな思考ができなくなっているようだ。

ムラトは、下穿きの前だけを寛げた姿だが、頭に巻いた布が少し乱れ、明るい色の髪が二束、三束ほど零れて、どこか切羽詰まった表情とあいまって不思議と艶っぽく見える。

アルトゥの広げられた脚の間では、もう少しのところで放り出された性器が頼りなく揺れている。

そこをまた弄るのだろうか、とアルトゥは思ったのだが……ムラトはそこではなく、腿の間に手を差し入れ、奥を探った。

「え、あっ」

指が奥深くを探り当て、アルトゥの全身がびくんと竦んだ。

ムラトの指は、目当ての場所を少しばかり性急に揉《も》み、指先を押し込もうとしてくる。

実のところ、そこまでのことは、アルトゥは予想していなかった。

だが流れでそうなってしまうのなら……いや、この、はじめて経験する焦燥感のようなものをそれで解消できるのなら——構わないような気もする。

ムラトが唇を噛み、指先を自分の唾液で濡らしてからもう一度そこに押し付けてくる。

今度は少し慎重に、ゆっくりと揉みほぐすような触れ方だ。

そんな場所に触れられて、恥ずかしいのと同時に、むずむずと、何かおかしな感じが湧き上がってくる。

胸のあたりに熱い何かがつかえているような。

何度か様子を見るように押し付けられていた指先が、つぷりと中に沈んだ。

「あっ」

思わず声をあげ、アルトゥは慌てて唇を噛む。

変、だ。

指が自分の身体の中に入ってきて……内側を撫で、押し広げている。

「んっ……っ」

噛み締めた唇から、勝手に声が洩れる。

「もうちょっと、力抜いて」

ムラトが抑えた声音でそう言って空いている方の手で腿の内側を撫で、声よりはその手の感触に促されるように、アルトゥは身体の力を抜こうとした。

指がさらに奥へと入ってくる。

ゆっくりと、抜き差しを始める。

「っ……う、んっ、んっんっ」

おかしい。

身体が熱く、腰の奥の方にどろどろとした熱が渦巻いて、じっとしていられない。

この恥ずかしい格好で、こんな状態で、いつまで耐えればいいのだろう。

ムラトのしたいことはわかっているつもりだ。

自分のそこに、入れたいのだ。

だったら……

「さ、っさと、早くっ」

アルトゥが苛立ちを抑えきれない声でそう言うと、

「まだきつそうだけど……その方がいいの?」

ムラトが躊躇いながら、指を引き抜いた。

完全に抜く間際に、入り口ぎりぎりの鋭敏なところで、ぐるりと大きく指を回す。

「あっ」

それだけの刺激で、腰骨の奥が熱く痺れた。

一体この身体はどうしてしまったのか。

ムラトがアルトゥの腿をぐいっと抱え直し、先端をぴたりと押し当てた。

熱く、硬く、そしてぬめる感触。

両手の親指でそこを押し開くようにして、ムラトが熱の塊をぐぐっと押し入れる。

「……っ……！」

想像以上の大きさ。

息が詰まる。

自分よりももっと年下の少年だって経験しているようなことのはずなのに、こんなにきついとは。

「んっ……くっ……っ」

いったいどこまで広げられるのだろう。

無理矢理に広げられた場所から、今にも自分の身体がまっぷたつに裂けてしまいそうだ。

「く、そっ」

ムラトが呻くように言った。

「もう、ちょっとだけ、緩められないか？　食いちぎられそうだ」

そんなことを言われても……

「ど、や……ってっ」

苦痛に息を切らせながらアルトゥが言うと、ムラトはぐいぐいと押し付けていた腰の動きをぴたりと止めた。

「……まさか、もしかして、あんた」

何が、まさかもしかしてなのだ、と苛立ち……それから、はっとした。

アルトゥが、未経験だと気付いたのだ。

ムラトの誘いに乗ったアルトゥが、まさか未経験だとは思わなかったのだろう。

アルトゥも別に経験豊富だと思わせたかったわけではない。

経験があるかどうかが、そんなに重要なことだとは思わなかっただけだ。

だが……今こうして、中途半端にしかムラトを受け入れられないのは、自分に経験がないからなのか。

だからといって、どうすればいいのかアルトゥにはわからない。

「な、んとか、しろ……っ」

ムラトがなんとかすべきだ、と涙が滲んだ目でムラトを睨むと、ムラトがくっと眉を寄せた。

「待て、とりあえず、一度」

腰を引こうとするが、すでに一番張り出した部分はアルトゥの中に入ってしまっているらしく、抜こうとするとそこがまた広げられて、痛い。

「や、めっ……抜くなっ」

アルトゥは反射的にムラトの腕を掴んで、動きを止めさせた。

「……だったら、ちょっと、待ってくれ」

ムラトが自分自身を落ち着けるように大きく息をしてから、アルトゥの腿の内側を優しく撫でた。

ゆっくりと、何度も。

「深く息をしろ、力を抜け」

アルトゥは、少しでも楽になるのならなんでもする、という気になっていて、言われたとおりに何度か深呼吸した。

その間もムラトの手は、アルトゥの腿、腰、脇腹を掌で何度も何度も撫でる。

その、掌の温度が不思議と心地よく、触れられたところからじんわりと皮膚の温度が上がっていくような気がして、アルトゥは頭の中で、次第に入れられた部分の痛みよりも掌の動きの方に意識が動いていき……

腹を撫で下ろしたムラトの手が、やんわりとアルトゥの性器を握り込んだ。

「あ」

挿入の痛みに萎《な》えていたそこが、握られ、優しく扱かれると、再び熱と芯を持ち出すのが

わかる。

「あ、あ」

腰の奥が再び熱くなり……

そしてふいに、自分の中のムラトを、はっきりと感じた。

痛みは、もうない。

まだほんの入り口のところだが、確かに自分の内側に、ムラトの熱を感じる。

……もっと奥に、その熱がほしい。

そう思った瞬間、アルトゥのそこが勝手にひくついた。

「う」

ムラトが小さく呻いて眉を寄せ、それからアルトゥを見て片頬で笑う。

「大丈夫そう、だな」

わずかに腰を押し込むと、アルトゥの腹の奥が熱くなった。

その、熱いところまで……何か、確かなもので塞いでほしい。

ムラトがアルトゥのものをやわやわと扱きながら、様子を見るようにゆっくりと腰を使い、次第に奥へと入ってくる。

「んっ……ん、あっ……ふっ」

身体の内側が熱くなってくる。

広げられた部分は確かにまだ「きつい」という感じがしているのに、奥の方が蕩《とろ》けてムラトを受け入れていくのが、自分でもわかる。

「そのまま……気持ちいいところだけ、意識してろ」

ムラトがそう言うと、アルトゥの腰をぐっと抱え直した。

腰が少し持ち上がり、繋がりが深くなる。

「あ……あっ」

ムラトの言った「気持ちいい」は、アルトゥにはよくわからない。

だがこの、身体の奥底からじりじりと上がってくる熱、繋がった部分の切ないような痛み、いつの間にかムラトの手が離れているのに勃《た》ち上がったまま揺れている自分の性器、そういうものすべてがひとつになっている、この感じは……

「あっ、あ」

ムラトが少し強めに腰を揺すった。

張り出した部分に内壁を擦られ、ぞくぞくする。

ぎりぎりまでゆっくりと引いてから強く押し込まれると、そのたびごとに深いところまでムラトが届くのを感じる。

「んんっ……あ、う、くっぅ……ぅ、んっんっんっんっ」

いつの間にかアルトゥは、ムラトの動きに合わせるように甘い声を上げ始めていた。

「いい声だ……それに、すごくいい顔を、するんだな」

ムラトのそんな言葉が耳を掠《かす》めるが、その意味を掴み損ねる。

何も……考えられない。

頭を空っぽにして、ただただ、未知の熱に委ねることは……なんと、気持ちいいのだろう。

「あ……あ、い、いっ……っ」

自分が何を口走っているのかもわからないまま、アルトゥは自分から、ムラトの腰に脚を絡めるようにして、さらに深い繋がりを求めた。

「よすぎる……さすがに、もう、無理っ」

ムラトが苦笑するように言って再びアルトゥのものを握ると、今度は容赦なく、巧みに扱き始めた。

「あ、あ、あ」

前と、中と、両方を刺激されて、わけがわからなくなる。

だめだ、と何がだめなのかわからないまま思った瞬間――

アルトゥの性器は弾《はじ》けた。

一瞬遅れてムラトが動きを止める。

自分の中で大きく膨らんだムラトのものが、数度、不規則にひくつくのがわかり……

アルトゥは、自分の中が大量の熱いもので満たされるのを頭の隅で感じていた。

目を開けると、横たわったアルトゥの腰から下には、薄手の軽い布団がかけられていた。

傍らにムラトの身体の気配を感じる。

――どうしよう。

興奮と酔いから醒《さ》めると、とてつもなく気まずいような気がする。

今すぐちゃんと服を着て、とっとどここから逃げ出してしまいたい。

そっとムラトのほうを盗み見ると……

ムラトは上半身を起こし、片膝を立てて気怠《けだる》そうに空を見つめていたが、アルトゥが身動きしたのに気付いてかこちらを見て、にっこりと笑った。

その手には、さきほど酒を飲んでいた小ぶりの陶器の椀がある。

「飲むか？　酒じゃなくて、水」

そう言われてアルトゥは、喉がからからに渇いていることに気付いた。

もぞもぞと身を起こし、とりあえず乱れた衣服を前にかき集めるようにして、椀を受け取る。

椀には水が半分ほど入っていて、ムラトが口をつけたものだとわかったが、不思議とそれは気にならず、アルトゥは水を飲み干した。

冷たい水が喉を冷やし、冷たく身体を潤す。

もう少し欲しい、と思ってムラトを見る。

ムラトが無言で手を差し出したので椀を返すと、傍らにあった水差しから椀に水を注ぎ、もう一度渡してくれる。

アルトゥは椀に口をつけ、半分飲んで、ムラトに返した。

ムラトが受け取り、無造作に同じ場所に口をつけて飲み干す。

他人と椀を共有して、同じ場所に口をつけることなど、これまでのアルトゥには考えられないことだったが……要するに「今さら」なのだ、と思う。

唇を重ね、身体を繋げてしまった相手と、椀の共有くらいなんだというのだ。

そう思いながら……アルトゥは、気恥ずかしさと気まずさは別として、妙に頭の中がすっきりとして、鬱々としたものが消え去っているのに気付いた。

そうか……ムラトは「慰める」と言ったが、確かにこういう行為は、余計な考えを吹き飛ばして気を晴らす役に立つのだ。

さて……これからムラトと自分はどういうことになるのだろう。

アルトゥの「最初の男」になってしまったことで、何かおかしなことを言い出さなければいいのだが、と我知らず身構えていると……

「塩が、さ」

ムラトがぽつりと言った。

「……塩？」

「汗をかくと、塩を舐めたくなるだろう？　草原の岩塩は、すごく質がよくて、不思議な味わいがあるんだ。知ってた？」

アルトゥは生まれたときから草原の塩しか知らない。

「そんなに、違うんですか」

「色もさ、淡い桃色の塩とか、あれ、特産物になるよなあと思って」

この状況でそんなことを考えていたのか、とアルトゥは、身構えていた自分がおかしくなった。

「でも……よそにも、塩はあるんでしょう？」

アルトゥが尋ねると、ムラトは頷いた。

「もちろん、海の水から塩を採るところもあるし……あと、西には、塩の沙漠っていうのがある」

「塩の……沙漠？」

確かに、沙漠といってもいろいろで、砂だけが連なる沙漠もあれば、尖った石がごろごろしていたり、棘《とげ》の生えた灌木《かんぼく》が生えている沙漠もあるが……塩、とは。

「砂の代わりに、塩があるんですか？」

「そういう感じだけど……もう少しやっかいなんだ」

ムラトは、アルトゥが興味を示したのが嬉しいらしく、あの、人好きのする笑みを浮かべる。

「ケビールって呼ばれてるんだけど。大昔、海だったところが干上がったんじゃないかって言われてて、水気もあって、ぐずぐずなんだ。塩が薄くて乾いているところはなんとか歩けるけど、塩が厚いところは沼みたいにぬかるんで、歩くどころか、足を取られて下手すると沈んでしまう。そうなると、助けられない」

助けられない……それは、死んでしまう、ということか。

塩の沼に溺《おぼ》れて。

おそろしいことだが……信じられないような、奇妙な光景でもある。

「じゃあ、そこには踏み込んではいけないんですね」

アルトゥがそう言うと、ムラトはにやりと笑った。

「ところが、そういうところを、旅人も隊商も横切るのさ」

「え？　わざわざ？　なぜ？」

「なぜって、ケビールの北と南に村があるから。そして、ケビールを回り込むと一月以上かかるけど、ケビールを横切れば三日で行けるから」

ムラトは言葉を続ける。

「塩の層が薄い場所が、細い細い道になっているところが数本ある。だけどそこも、ちょっとでも雨が降ればぐずぐずだ。だから旅人も商人も、ケビールの縁で空を睨んで、確実に三日間晴れそうだと思ったら、踏み込んでいくんだ……それでも天気の急変はあるけどね」

アルトゥは息を呑んだ。

そういう、命がけの旅があるのだ。

空模様を読み間違えれば、塩の沙漠に呑まれて命を落とす。

それでも人々は、敢えて踏み込んでいく。

なんという世界だろう。

「あなたも……行ったことがあるのですか？」

アルトゥが尋ねると、ムラトが頷いた。

「二度。そのうちの一回は、三日目に雨が降って、荷物を全部捨てて、なんとか助かった」

さらりと言うが、荷物を全部捨てて……というのは、相当な状況だったはずだ。

「でも、無事に越えたときのなんていうか、達成感っていうのは、すごい」

そう言うムラトの目が、輝いているように見える。

ムラトにとってそういう旅は、決して苦痛ではなく……乗り越えれば素晴らしい思い出となるものなのだ。

自分だったら、どうだろう……と思ったとき。

「……ケビール、見てみたいと思わない？」

ムラトが尋ねた。

それが別に「一緒に行こう」という誘いを含んでいるわけではないことは、その口調からわかり、アルトゥは素直に頷いた。

「見てみたいです」

……越える勇気が自分にあるかどうかはわからないけれど、見てみたい。

「ああ、やっぱりあんたはそういう人だ」

ムラトが意外なほどに穏やかに微笑んだ。

「そういう……？」

「こういう話をすると、たいていの人は『へえ、そうなのか』で終わる。次に『そんなところに生まれなくてよかった』で……一番少ないのが『見てみたい』って反応なんだ」

そうなのか、とアルトゥは驚いたが、すぐに「そうなのかもしれない」と思った。

草原の民は、草原に生きることを誇りとしている。

そして同時に、周辺の環境が違う国々に生きる人々のことを、少し見下してもいるかもしれない。

だから……あまり「他国に行く」ということに憧れない。

ましてや、見たことのない景色を見に行くことなど。

草原の中にもじゅうぶんに、平地や山々や、緑豊かな場所、荒れ地、風変わりな連なり井戸など、見るべきものはいくらでもあるのだから、と。

でもアルトゥは……草原の中の珍しい場所を見たいのと同様に、いや、それ以上に、見知らぬ場所へ行き、今聞いた塩沙漠のような、想像もできないような景色を見たい、と……

それは、今いる場所が自分の居場所ではない、と感じていることに、関係があるのだろうか。

アルトゥの表情を見つめていたムラトが、真面目な顔で、ぽつりと言った。

「あんたと俺は、そういうところが、似ているのかもしれないな」

ムラトと自分が似ているなんて……とアルトゥは反発しかけたが、いや、そうなのかもしれない……と思った。

どこかへ行きたい。

定められた居場所ではなく……見知らぬどこかへ。

王の命とはいえ、ふらふらほっつき歩いているムラトに反感を抱いていたのは、同じ場所に居続けるしかない自分の僻《ひが》みのようなものだったのかもしれない。

「俺もあちこち歩いてまだ、本当の自分の居場所ってものを見つけていないような気がするんだ」

ムラトは前を見つめて、低く言った。

こんなふうに真剣な顔をしていると、最初の印象よりも、引き締まった男らしい顔立ちなのだと、アルトゥはふと思った。

「ところで」

ふいにムラトが表情を変え、茶目っ気を含んだ瞳でアルトゥを見た。

「今日のことだけど」

「え、あの」

いきなり話題が「今日のこと」になるとは思わず、不意をつかれ、アルトゥは慌てた。

何か、返事に困るようなことを言い出されたらどうしよう、と思っていると……

「うっかりあんたの最初の男になっちまったけど、別に責任取って欲しいとか言わないから安心して」

なんだそれは、と一瞬アルトゥは絶句し……

次の瞬間、吹き出していた。

どうしてアルトゥのほうが責任を取らなくてはいけないのか。

だがすぐに、ムラトがそういう言葉で、アルトゥの気を楽にしてくれているのだ、ということを悟る。

ムラトも、笑っている。

「あんたは気が紛れたし、俺も楽しかった。それだけ。俺が下手くそで、二度とごめんだっていうならそれでいいし、また気を紛らわせたくなったら、いつでもどうぞ」

別に、特別な関係になったわけでもなく、何かの責任が生じるとか、約束を交わしたとか、そういうことでもない。

ただ、双方がその気になって気軽に身体を重ねただけ。

ムラトにとってはその程度のことだったのだろうと思うと、必要以上に身構えていたのがばかばかしくなる。

ふいにアルトゥは、自分がはじめて「馬を並べる関係にならないか」と申し込まれたときのことを思い出した。

十年ほど前のことだったか、王の出現前、まだ宿営地で暮らしていたころだ。

相手の男は兄と同い年くらいの部族の男だったが、かちんかちんに緊張して、他の男たちにはやし立てられながら、申し込んできたのだ。

アルトゥは、ただ腹が立ったのを覚えている。

よく知りもしない相手に申し込まれて、応じる人間がいるのだろうか。

だいたいこの男は自分の何を見て、申し込んできたのだろう。

族長の息子だから？

すでにそのころには自覚していたことだが……顔がきれいだから？

他人と親密な関係を築くことが苦手で、同い年の少年たちとすら、一対一の友人関係を結ぶことがなかったアルトゥの、内面を知って……などということは考えられない。

相手の男も確か部族ではそれなりの力を持つ家の息子で、財産家でもあったことは覚えているが、それ以上のことは何も知らなかった。

人前で申し込んできたということは、それなりの自信もあったのかもしれない。

だがアルトゥには嫌悪感しかなく……きっぱりと、しかし丁寧に断ったのだ。

申し訳ありませんが、お断りさせていただきます、と。

すると相手の男は、人前で恥をかかされたと怒り出し……その後、アルトゥのことを「高慢ちき」と言いふらしていたのを知っている。

そしてそれ以来、部族の男でアルトゥに申し込もうなどという者はいなくなった。

そしてアルトゥも、意識的に自分を鎧《よろ》って、相手に近付く隙を与えない態度を取るようになっていったのだ。

だから、自分がこんなふうに気軽に、誰かと身体を重ねるなどとは、想像したこともなかった。

そして身体を重ねたあとでも、ムラトは、特別な関係を結ぼうなどとは言わない。

——この男といるのは、気が楽だ。

アルトゥはそう思った。

構える必要も、言葉の裏を探る必要も、何か揚げ足を取られたり、言質を取られることを怖れたりする必要もない。

　そういう相手だと知れただけでも、今日のことはよかったのだ、とアルトゥは思った。


　その後数日、身の回りに特に変化はなかった。

　仮王都は波が引くように人が減っていくが、アルトゥと母は新都への移動をしそこねて、居残っている。

　父の処遇がどうなるかわからない以上、新都で与えられている家に入っていいものかどうかもわからない。

　父はまだ仮王都のどこかに監禁されているらしいが、進展はない。

　そして、ムラトの姿も見えない。

　また何か王の命でもあってどこかへ出かけたのだろうか。

　王の使いが来て、王と連絡が取れているのなら……父が拘束されている今の状況を王に知らせてもらうことができないだろうか、とアルトゥはちらりと考えたが、すぐにそんな考えは払いのけた。

　ムラトと自分の間になんの約束もない、個人的な繋《つな》がりは何もないのだから、そんなことは頼めないし、もし頼まれても、ムラトも困っただろう。

アルトゥも、ただぼんやりと日々を過ごしていたわけではない。

仮王都に残された幕屋のどこかに父がいるはず、母のためにもせめて場所だけでも摑《つか》んでおきたいと、歩き回っていたのだ。

だが。

大臣たちの幕屋のどれかか、仮王都を囲むように配置されているいくつかの兵舎のどこかではないかと見当はつけたものの、それ以上のことはわからない。

親族の男たちも、まるで消えてしまったように、誰とも出会わない。

おそらく宿営地で鳴りを潜めているのだろう。

そしてそうやって歩いているアルトゥを、見張っている者が必ずいる。

物陰から見ていたり、時にはあからさまに後をつけてきたり。

自分も監視の対象なのだ。

下手なことをして、自分まで拘束されてはたまらない。

父と兄の謀反《むほん》が本当だとしても濡れ衣《ぬれぎぬ》だとしても、裁定は王が戻ってからになるはず。

自分に今できるのは、王とセルーンの帰りを待つだけだ。

だが、もし謀反が本当で……謀反人の家族に任せられる仕事ではないと、セルーンの側仕《そばづか》えからはずされたら？

アルトゥはもちろんそういうことまで想像していたのだが……

驚いたことに、そう考えても、アルトゥの胸に思ったほどの痛みはなかった。

もしこのままセルーンの側仕えの任をはずされたら、もちろん悲しいし、寂しいし、誇りも傷つけられることだろうが……そこに「絶望」という感情はない。

仕方がない、他で生きていく術《すべ》を探すだけのこと。

もしかしたら、自分はそれを望んでいるのかもしれない、と……アルトゥはいつしか、気付き始めていた。


事態は、突然動いた。

アルトゥが幕屋から出ると、革鎧《かわよろい》を着た数人の兵が待ち構えていたのだ。

「……何か？」

アルトゥは動揺した様子は見せずに尋ねたが、兵たちは無言だ。

アルトゥの進路を塞ぐように、ただ立っている。

どうするべきだろう。

幕屋に戻るか、それとも彼らを押しのけてでも出かけるべきか。

彼らが受けている命令はなんなのだろう。

一瞬迷い、それからアルトゥは思い切って、兵たちに向かって言った。

「出かけます。どいて下さい」

しかし兵たちは動かない。

ということは、アルトゥを出かけさせまいとしているのだ。

「私は何か、罪に問われているのですか。これは逮捕ですか？　私は軟禁されるのですか？」

そう尋ねても、やはり彼らは無言だ。

アルトゥは腹が立ってきた。

少なくとも、目的を言うべきだ。

彼らは彼らで何か命令を受けているのだろうが、それが「ただ無言で威圧しろ」というものなら、あまりにも馬鹿にしている。

兵たちは刀と槍《やり》で武装しているし、アルトゥは草原の男の誰もがそうしているように、帯に小刀をたばさんでいるだけだ。

それでも、少なくなったとはいえ仮王都の中、人目がある場所で、そう無体なことはできないはずだ。

そう思ったアルトゥは、ぐいっと前に出た。

「通ります」

そう言って、押しのけるようにして兵たちの間を通り抜けると、意外にも彼らはアルトゥを通した。

通りに出ると、もう仮王都の三分の二ほどは新王都に移動したせいだろうか、行き交う人々の数は昨日よりさらに減り、そして兵の姿が目立つ。

——いや、違う。

アルトゥははっと気付いた。

兵が多いのは、アルトゥの家の一角だけだ。

それを人々が遠巻きにしている。

前方にいた数人の兵が、真っ直《ます》ぐにアルトゥに近付いてきた。

さっと周囲を見回すと、右からも左からも……そして、今押しのけてきた兵たちも、背後にいる。

完全に、囲まれている。

これはどういうことだろう。

アルトゥを捕らえようとしているのではなく、まるで……

そのとき、前方の兵を率いていると思われる一人が、刀の柄《つか》に手をかけた。

それが合図だったのか、兵たちが全員同じように刀を抜ける構えになる。

まさか、殺すつもりか、この往来の真ん中で……罪人でもない自分を。

状況を甘く見ていた。

謀反人の家族という扱いは受けても、自分までが謀反に荷担したとして罪に問われるとは思っていなかったのだ。

ましてや、殺されるなど。

もしかすると父もすでに、殺されているのかもしれない。

正式な王の裁定も待たず……いやむしろ、王が留守の隙に。

このままむざむざと、なぶり殺しにされてなるものか。

アルトゥが、帯の小刀に手をかけたとき——

「どけぇ！」

声とともに、一頭の馬が正面から突進してきた。

驚いた兵たちが一瞬構えを解いた間を飛び越えるようにして、アルトゥに向かって走ってくる。

馬上にいるのがムラトだとアルトゥが気付くのと同時に、ムラトが手を差し出した。

「乗れ！」

考える前に身体が動いた。

差し出された手を摑み、走り抜ける馬の、鞍《くら》の後ろに飛び乗る。

馬はそのまま速度を落とすことなく兵の囲みを駆け抜け、

「待て！　追え！」

我に返ったらしい兵たちが叫び始めた声は、あっという間に背後に遠ざかっていった。

仮王都を出て街道に入り、その街道も逸《そ》れて草原に入るまで、ムラトは一度も馬の速度を緩めなかった。

ムラトが乗るアドーは頑丈な馬らしく、二人を乗せても疲れることなく、かなりの距離を走り続け……

やがて、見覚えのあるサクサウルの茂みが前方に見えた。

いつかムラトと草原を駆けた時に、目標にした灌木《かんぼく》だ。

そしてその木に……一頭の馬が繋がれていた。

「エッエグ！」

アルトゥは、それが自分の馬であることに気付き、驚いて叫んだ。

ムラトはアドーをエッエグの横で止める。

「そっち、移って」

言われるまでもなく、アルトゥは自分の馬に飛び移った。

はじめて、ムラトの顔が見える。

その目は、こんな状況だというのに、どこか悪戯《いたずら》っぽい笑みを浮かべている。

「あなたは……どうして……」

いったいどこからどう尋ねればいいのかもわからずアルトゥが口ごもると、

「遠乗りに誘いに来たんだ。準備がいいだろ？」

ムラトはしれっとそんなことを言う。

「またそんな……」

「いや、ほんと」

ムラトが真顔になった。

「あんたの兄さんが見つからないんで、代わりにあんたの首でも取って父親に見せつけるっていう物騒な話を耳に挟んだんで、こりゃとっとと都からいなくなったほうがいいと思ったんだ」

アルトゥの首を……父に見せつける。

父を脅すために、アルトゥを殺そうとした、ということだ。

そしてムラトは、ずっと仮王都にいたのか。

そればかりか、アルトゥの身辺から目を離さずにいてくれたということなのか。

「本当は、あの兵たちに取り囲まれる前に連れ出せればと思ったんだけど……まあ、いいか」

どこまでもとぼけた口調だが、不思議と腹は立たない。

「母上は……」

アルトゥは、見えるはずもない仮王都の方に目をやった。

母を置いてきてしまった。

自分がこのまま姿を消したら、母はどうなるだろう。

「大丈夫」

ムラトが言った。

「政治がらみで、女を巻き込むことはしないだろう。俺は草原の民のそういうところはいいと以前から思ってたんだが、今もそれは変わっていないからな」

それは……そうなのだろう。

母に、命の危険はないはずだ。

いざとなれば、宿営地に戻れば、母の居場所はある。

それよりもアルトゥが危険にさらされているほうが、母にとっては不安なはずだ。

「よし、じゃあ行こう」

ムラトは軽い調子で言うが、まさか本当に遠駆けにいくわけではないだろう。

「でも……どこへ？」

「俺が知ってるところ」

ムラトはにやりと笑う。

「あんたの部族とも、俺の母親の部族とも無関係で……そう簡単に糸をたぐるわけにはいかないような場所に、身を隠そう」

どうしてそこまでしてくれるのか、という言葉をアルトゥは呑《の》み込んだ。

それは——あとだ。

ムラトがアドーの腹に蹴《け》りを入れて駆けだしたので、アルトゥもすぐに反応して後を追った。


旅は、三日続いた。

ムラトに迷いはなく、目的地を目指してひた走っているのがわかる。

途中、宿営地や放牧地の幕屋が見えても立ち寄らず、草原の中で野営をして、誰とも会わないようにしているのがわかった。

馬にはちょうど三日分の食料と水が積んであり、馬も人も疲れたらそこで休み、ほとんど無言で食事をして、そして横になって眠る。

余計な会話は、ない。

ムラトは「もう少し走れる?」とか「馬は大丈夫か?」とか「もう少し食べろよ」とか、そんなことしか言わない。

これからどうなるのか、どうするのか、そういう話はしない。

それらはすべて先送りで、今はひたすら、走る。

それがアルトゥには不思議と心地いい。

そして……三日目には、アルトゥは不思議なことに気付いていた。

ムラトと自分が……アドーとエッエグが並んで駆けることが、おそろしく自然だ。

馬の大きさも、歩幅も、乗り手の技量も違う。

ムラトとアドーは、何ヶ月も続くような長旅に慣れている様子だし、アルトゥとエッエグはどちらかというと短距離を速く行くのに向いている人馬だ。

しかし、エッエグの体力を保たせるために、そしてアドーに合わせるために速度を抑えること、逆にムラトの方が、アルトゥとエッエグが疲れすぎないように一日の行程を抑えること、それが……ごくごく自然にできている。

そして無言で駆けている時……アルトゥは、自分がどういう理由で今ここにいて、どこへ向かっているのかを完全に忘れる瞬間が、あった。

ただ、風を感じる。

自分とエッエグが完全に一体となって、ただ「走る」ことだけを目的として走っている。

身も心も、すべてのしがらみから解き放たれて、ただただ喜びを感じている。

それなのに、自分が一人ではないことも、ちゃんとわかっている。

隣には、ムラトを乗せたアドーがいる。

ぴったりと並んでいるわけではなく、前になり後になり、時には少し離れて駆けているというのに、どうしてか、常にムラトの存在を傍《かたわ》らに感じている。

同じように、すべてから解き放たれた喜びを感じながら……二人の呼吸さえもぴったりと合っているように感じる。

……そんなはずはない。

呼吸までが合うなどあるはずのないことだし、そもそも相手の呼吸が感じ取れるほど近くにいるわけでもないのに。

時間も空間もすべて忘れて、ただ、ひた走る二組の人馬だけがこの世に存在しているかのようだ。

このままこの男と馬を並べて、どこまでもどこまでも、世界の果てまでも行けたなら、と感じる。

駆けているときずっとではないのだが、時折そんな瞬間が訪れる。

これは……いったい、なんなのだろう。

アルトゥは不思議に思いながらも、突き詰めて考えることでこの高揚感が薄れてしまうのが怖く、アルトゥはただその感覚に自分を委ねていた。


だいぶ北へ……そして西へ、来た。

もう草原の北西の端に近い。

草原の北と西には険しい山々が聳《そび》えている。

王都や、アルトゥの部族の領地からでは望めなかった、真っ白に雪を戴いた山々が驚くほど近くなっている。

アルトゥはこんなに北へ来たことは、一度もない。

いったいどこまで行くのだろう。まさかあの山々を越えるつもりだろうか。

さすがにアルトゥが不安に思い始めたとき……

「そろそろ見えるかな」

ムラトが呟《つぶや》いた。

「見える、って？」

「俺よりもあんたの方が、目が利くんじゃないかな。この先に幕屋が二つ三つ、放牧地の小さな拠点があるはずなんだ」

そう言われて、アルトゥはムラトが指した方角に目をこらした。

そろそろ日は傾きかけているがまだじゅうぶんに明るく、前方に、確かに小さな幕屋が三つほど建っているのが見えた。

「あります、あそこに」

アルトゥが指さすと、ムラトは頷《うなず》いた。

「俺にはまだ見えないけど、あっちも、俺たちを見つけてるんじゃないかな」

こういう言葉を聞くと、ムラトが完全な「草原の民」ではないことを思い出す。

ムラトの目は、草原の民ほど遠くは見えない。

だがその代わりに、その明るい色の瞳《ひとみ》は、先日話に聞いた塩沙漠のように、アルトゥが知らないものをたくさん映してきたのだ。

今いるここだって、草原の中だというのにアルトゥは知らない場所だが、ムラトは以前にも来たことがあるらしい。

相手を警戒させないように、近付いてきたら速度を落とすのが、草原の礼儀だ。

ゆっくりと近付いていくと、幕屋の前に一人の男が立っているのがわかった。

ほっそりとして小柄な……まだ若い男だ。

その隣に大きな犬がいて、わんわんと吠《ほ》えている。

そして、幕屋の裏手にあった羊の囲いから、もう一人の男が出てきて、最初の男に並ぶ。

こちらは背が高く、少し年上のようだ。

「ムラト！」

声が届く距離まで来ると、小柄な男の方が叫んだのが聞こえた。

「よう！」

ムラトが明るい声で答え、片手をあげて振る。

旧知の仲らしい、とわかってアルトゥはほっとした。

ではここが、目的地なのだ。

「ムラト、久しぶりです！」

駆け寄ってきた若い男は、まだ少年の尻尾《しっぽ》を残しているかのような、明るく生き生きとした雰囲気の優しい顔立ちだ。

一緒に走ってきた大きな犬が警戒するようにアルトゥを見て唸《うな》り、エッェグが怯《ひる》むように足踏みをしたのを、若い男は慌てて抑えた。

「こら、チャガン、お客さんだよ。ムラトのことは覚えているでしょ？　それから」

エッェグの上のアルトゥに目をやり、一瞬驚いたように目を見開いてから、にっこりと笑う。

「ようこそ。こちらは……ええと」

「アルトゥだ」

アルトゥが声を出すより前に、ムラトがさっと答える。

「アルトゥ、これはユルー。あっちがドラーン」

あっち、と言ったのは、ゆっくりとこちらに歩み寄ってくるもう一人の男のことだ。

背が高く、唇を真一文字に引き結んだ、こちらはどちらかというと取っつきにくい雰囲気を纏《まと》っている。

「……何か、あったのか」

ドラーンという男は、アルトゥにかすかに頭を下げてから、短くムラトに尋ねる。

「ちょっと訳があって、しばらくここに置いてほしいんだけど……今誰か客がいる？」

ムラトはそう言って、三つ並んだ幕屋の方を見やった。

「いいえ、誰も」

ユルーが首を振る。

「きのうまで、宿営地から何人か来ていたんですけど。最近は、来客用の幕屋は畳まずに置いてあるんです」

「そりゃ、ドラーンと二人の幕屋を、突然の来客に邪魔されたくないだろうからな」

からかうようにムラトが言って、ユルーはちょっと頰《ほお》を赤らめた。

「そういうわけじゃ……それだけじゃ……もうっ」

恥ずかしそうに顔を赤らめた様子を見て、アルトゥは「そういうことか」と思った。

このドラーンとユルーという二人はたぶん、「馬を並べる関係」か、それに近い関係で……ムラトはそれを知っているわけだ。

「それで？」

動じた様子もなく、ドラーンが落ち着いた声で尋ねる。

年はアルトゥと変わらないくらいと思えるが、静かさの奥に何か、重みのある……風格、とも思えるようなものがある。

「話はあとにしましょう。とにかく、馬を下りて、まずは旅の汚れを落として、休んで下さい」

ユルーがそう言って、アルトゥが馬から下りやすいようにエツェグの手綱を押さえ、軽くエツェグの首を叩《たた》いた。

「きれいな馬ですね。でも……長旅は久しぶりだったのでは？　三日くらい駆け通しだったのではないですか？」

ユルーが驚くほど正確にエツェグの状態を言い当てたので、アルトゥは驚いて、思わずムラトを見た。

「ふふ」

ムラトが意味ありげに笑う。

「すごいだろう？　このユルーとドラーンは、馬にかけちゃ草原でも一、二を争う名人なんだよ。ユルーは馬と話ができるんだ」

「話はできませんよ、いくらなんでも」

ユルーは笑うが、馬を扱う名人であることは否定しない……ということは、事実なのだ。

まだ若いのに……ユルーに至ってはまだ十七、八にしか見えないのに。

「少し大麦を多めにやっておきますね。ムラトの馬も預かります」

そう言ってユルーが握った二頭の馬の手綱を、ドラーンが横から無言で引き取り、幕屋の裏手に連れて行く。

ユルーは二人を小さな幕屋のひとつに案内した。

「水瓶《みずがめ》はいっぱいです、このあたりは水が豊富ですから、遠慮なく使って下さい。僕たちもそろそろ今日の仕事は終わりなので、落ち着いたころに夕食を持ってきます」

てきぱきとした、しかし押しつけがましくないユルーの親切さが、素朴で心地いい。

ユルーもドラーンも、ムラトはともかく突然現れたアルトゥが何者なのか詮索するそぶりすら見せない。

こういう宿営地から遠く離れた放牧地では、半年もの間同じ顔ぶれだけで過ごすことが多いから客を歓迎するものなのはアルトゥも知っているが、話題に飢えた、一刻でも早く好奇心を満たしたいというがつがつした感じが、ここの二人からは感じられないのだ。

「ああ、さすがに埃《ほこり》だらけだ。ちょっと失礼するよ」

幕屋の入り口に置かれた水瓶の前で、ムラトは上半身裸になり、それから頭に巻いている布をほどきはじめ……アルトゥは思わず、まじまじとその様子を見てしまった。

長い布が、くるくると解《ほど》けていくと……ムラトの髪が零《こぼ》れ出る。

明るい茶色の……日に透けて金色にさえ見える、少しうねりのある、腰のあたりまでありそうな豊かで長い髪。

あの布の下には、草原の民にはない、こんなに美しい色の髪が隠されていたのか。

布から零れている一筋二筋の髪は、むしろ色の濃い部分だったのだ。

服を脱いだ上半身も、無駄のない鍛え抜かれた滑らかな筋肉に覆われている。

「あ……ええと」

ムラトはアルトゥの視線に気付いて、照れくさそうに笑った。

「髪、あんまり他人に見せるものじゃないんだ」

「あ、すみません！」

アルトゥは慌てて目をそらした。

何か、守らなければいけない決まりがあるのだろう。

ムラトはやはり……草原と、西の国の、両方の規範の中で生きているのだということをあらためて実感する。

「いや、まあ……あんただからいいんだけど、なんだか照れるな」

ムラトは苦笑しながらも、大きな水瓶から、傍らにあった別の水瓶に水を移す。

「俺はこっちを使うから、あんたはそっちをどうぞ」

水瓶を持って数歩離れ、アルトゥに背を向けて、水に浸した布で身体を拭《ぬぐ》い始めたので、アルトゥも同じようにムラトに背を向けて、自分の身体を拭った。

全身を拭《ふ》き、髪も洗うと、疲れが抜けていく。

さっぱりとして衣服を整え、背後のムラトの様子を窺《うかが》うと、ムラトも頭に布を巻き付け終わったところだった。

普段巻いているのとは違う、予備の短い布らしく、少し髪が零れている。

そして、長い布の方は、じゃぶじゃぶと洗い始める。

アルトゥは、西の人々がどうしてそんなふうに頭に布を巻くのか、どうして髪を他人に見せてはいけないのか興味が湧いたが、ただの好奇心で尋《き》いてもいいのかどうかわからず躊躇《ためら》った。

それよりも……聞いておかなくてはいけないことがある。

「ここの人たちは……よく、知っている人たちなのですか」

アルトゥが尋ねると、ムラトは頷いた。

「王の馬を買い付けにこのあたりまで来たときに、世話になったんだ。ドラーンは無口で無愛想だが、勇敢で真っ直ぐな人間だし、ユルーは見ての通り。二人とも、政治だの陰謀だのには無縁だよ」

そう言ってから、ちらりとアルトゥを見る。

「あんたに関しては……ちょっと面倒な相手に追われてる、ってことだけ言っておこう」

アルトゥは躊躇った。

「あの人たちに……迷惑をかけることにならなければいいのですが」

少なくとも自分は、謀反の疑いをかけられている男の息子で、兵から追われている身だ。

ムラトが「身を隠せ」とここに連れてきてくれたのはありがたいが、後々彼らにも余計な嫌疑がかかったりはしないだろうか。

「そのときは、彼らは何も知らない、俺が勝手にあんたをここに連れてきたんだと言うから、心配しなくていい」

ムラトはあっさりと言った。

……どうしてムラトは、アルトゥのためにそこまでしてくれるのか。

旅の間何度も胸に浮かんでは抑えていた疑問は、大きくなるばかりだ。

「あなたは……」

そう言いかけたとき、

「お茶を持ってきました」

ユルーの明るい声が聞こえ、アルトゥははっとして振り向いた。

アルトゥとムラトが小声で、真剣に話しているのを見て、少し離れたところから声をかけてくれたのだと、すぐにわかった。

「ありがとう、ここの茶が恋しかったよ」

ムラトが笑って、ユルーの手から土瓶を受け取った。

そのまま三人で幕屋に入る。

ここは来客用の幕屋で、本格的な煮炊きはしないらしく、手前半分が土間で小さないろりがあり、奥半分が一段高くなっている。

アルトゥとドラーンが靴を脱いで奥に座ると、ユルーはそのいろりに火を熾《おこ》してから、一度幕屋を出ていく。

それから今度は、手に鍋を提げたドラーンを伴い、パンが入っているらしい布包みを抱えて戻ってきた。

鍋には羊肉の煮物が入っており、その鍋を四人で囲むようにして座る。

「まず、お茶を一杯」

それぞれの懐から取り出した椀に、ユルーが茶を注いでくれた。

アルトゥの椀は、ムラトが自分の荷物の中に用意してくれていて、旅の間も使っていたものだ。

少し濃い目に塩をきかせた、長旅のあとにはありがたい味が、アルトゥの中にじんわりと沁《し》みとおる。

それから大きなパンをドラーンがひとつムラトに手渡し、ムラトがそれを半分に割ってアルトゥに渡してくれる。

椀には煮込みがたっぷりと盛られる。

「急だったのに、悪いね」

ムラトが言うと、ユルーが微笑《ほほえ》んだ。

「きのうまでいた部族の人たちが、食料をたくさん置いていってくれたので、ちょうどよかったです」

それから、ムラトとアルトゥに尋ねる。

「それで……ゆっくり滞在できるんですか？」

それは、必要な情報を知りたい、という意味だ。

「うーん。どれくらいになるか、一ヶ月も二ヶ月も世話になるようなことにはならないと思いたいんだけど」

ムラトがそう言って、アルトゥを見た。

「この……アルトゥが、都でちょっとごたごたに巻き込まれたんだ。その成り行きがどうなるか次第なんだけど、いいかな」

ムラトが自分を呼び捨てにしたのに、アルトゥは気付いた。

それはそうだ……アルトゥさん、などと呼べば、二人の関係や距離感を、ユルーたちが不審に思うだろう。

アルトゥは頭を下げた。

「ご面倒をおかけします。ご迷惑でなければいいのですが」

「迷惑なんて」

ユルーが首を振った。

「ね？　ドラーン」

ドラーンが頷いた。

「迷惑、ではないが……ひとつだけ、いいか」

真っ直ぐに、強い視線で、ムラトを見る。

「二人とも、何かやましいことがあるわけではないのだな。正しい心のもとに何かから逃れてきたというのなら、全力で匿《かくま》う」

アルトゥははっとした。

ドラーンの価値観はそこなのだ。

なんという、真っ直ぐな……そして草原の民らしい、剛毅《ごうき》な男なのだろう。

「ない」

ムラトはきっぱりと答えた。

アルトゥも、頷いた。

「私自身にやましいことは、なにひとつありません」

それは事実だ。

「わかった」

ドラーンはそれだけで納得したらしい。

「さあ、じゃあここにいる間はのんびり過ごして下さいね」

明るい声でユルーが重くなりかけていた空気を変えた。

「といっても、僕たちはいつも通りに仕事をするので、よかったらムラトがアルトゥさんに、このあたりを案内してあげては？」

「ああ、アルトゥは、山のほうには行ったことがないだろ？」

そう問われてアルトゥは慌てて頷いた。

「ええ」

「アルトゥさんの馬は、山道を行くのには向いていなそうだし、二日くらいは休ませたほうがよさそうなので、よかったらうちにいる馬をお貸ししますよ」

ユルーはそう言って、きらきら光る瞳でアルトゥを見つめた。

「アルトゥさんはまるで、水晶みたいに透明な感じがするので、どんな毛色の馬に乗ってもきれいでしょうね。でもやっぱり、ご自分の、あの炎みたいな毛色の馬が一番お似合いなのかなあ」

アルトゥは驚いてユルーを見つめ返した。

氷の美貌、と言われていたアルトゥを「水晶」にたとえたのはユルーがはじめてだ。

それも……どんな毛色の馬が似合うか、という視点で。

「ははは」

ムラトが笑い出した。

「ユルー、この人は、容姿を褒められるのがちょっと苦手なんだよ」

氷の美貌、などと言われるたびに露骨に眉を寄せているアルトゥを、ムラトは知っていたのだろう。

だが、今のユルーの言葉は、少し違う気がする。

「どうしてですか?」

ユルーはその大きな目をさらに見開いた。

「だって本当のことなのに。僕、こんなにきれいな方を見たのははじめてですよ」

ユルーの率直な賛辞は、不思議とアルトゥを不快にはさせなかった。

きっと、ユルーの褒め言葉には、裏の意味が何一つないからだ。

アルトゥが美しいから親しくなりたい、特別な関係になりたいという思いや、族長の子、王の側近の子、もしくはセルーンの側近という背景込みでアルトゥを褒めておこう、というような下心など……

ユルーの言葉にはそれらがなく、ただ、見知らぬ客人である自分を、ただただ美しいと言ってくれる。

本当は、単純に褒められることは、嬉しいことだったのだ。

「ありがとうございます」

アルトゥの口から、自分でも思いがけないくらいに、素直な言葉が洩《も》れた。

「あなたにそう言っていただけるのは、嬉《うれ》しいと思います」

「お」

ムラトが驚いたようにアルトゥを見た。

「じゃあ、俺も褒めていいの？」

からかうような言葉は、ただの軽口だ。

「お好きにどうぞ」

アルトゥはつんとして返事をしたが、自分がこんなふうにとっさに軽口に反応できるというのも驚きだ。

「ちぇ、俺にはこうなんだよ」

ムラトが愚痴めかして言い、ユルーが笑う。

ここは、空気が明るい、とアルトゥは思った。

広々とした場所で、いくらでも好きなだけ息ができる。

いちいち余計な気を回さずに言葉を発することができる。

これまで自分はあの王都の中で、窒息しそうだったのだ……とアルトゥははじめて気付いた。

茶を飲みながら一通り近況や共通の知人の消息などをなごやかに話しているうちにいつしか夜は更け、ユルーとドラーンは「そろそろ」と席を立った。

「布団はそこに積んであるのを使って下さい。おやすみなさい、また明日」

そう言い置いて、ユルーとドラーンが肩を並べて幕屋を出ていくと、アルトゥはほうっと息をついた。

「……ここは、いいところですね」

呟くようにそう言うと、ムラトがにやりとして頷く。

「そうだろう？　あんたがここを気に入ってくれてよかった。追われてるんじゃなくて、二人でただのんびりしに来たなら、もっとよかったんだけどな」

こんな事情ではなく、ムラトと二人で旅をするなど、考えられないことだが……それもよかったかもしれない、と思う余裕がアルトゥの中に生まれている。

草原を駆けているときの、呼吸さえひとつになっているような高揚感はもうなくなっていたが、代わりにこの、穏やかで優しい空気の中にいるのは、いい。

「ムラト」

アルトゥは、真っ直ぐにムラトの方を向き、

「本当に……ありがとうございます」

そう言って、頭を下げた。

ちゃんと礼すら言っていなかったのだ。

「どういたしまして」

ムラトは瞳に面白そうな笑みを浮かべながら、言った。

「いっそあんたが、わざわざそういうことを言葉に出さずにいられるようになってくれれば、もっと嬉しいんだけどな」

どういう意味だろう。

「……堅苦しい、ということ、ですか？」

少し考えてアルトゥが尋ねると、ムラトはちょっと首を傾《かし》げた。

「うん、惜しい、もうちょっと……かな。まあ、それがわからないあんたも、あんたらしくていいよ」

何がいいのかわからないが、それをむきになって追及する必要もないのだ、とアルトゥは思った。

ムラトといると、何かを真面目《まじめ》に考えるのもばかばかしいという気にすらなる。

都のこと、父や兄のこと、母のこと、そして仕事のことなど、考えなくてはいけないことは山ほどある。

だが、とりあえず今日くらいは……何も考えずにいるのもいいかもしれない。

自分にこんな考え方ができるとは思わなかった。

それも、この場所の空気のせいかもしれない。

「さて、布団布団」

ムラトがそう言いながら一組の厚地の布団を絨毯《じゅうたん》の上に広げ、少し意味ありげにアルトゥを見た。

「山が近いから、夜は冷える。一緒に入った方があったかいと思うけど」

一緒に……一組の布団に、ムラトと。

もちろんアルトゥだって草原の民で、部族の宿営地で育ったのだから、知っている。寒い夜は、親子、兄弟、親しい友人同士などは、手っ取り早く暖を取るために同じ布団で寝るものだ。

そして確かに、小さないろりしかない幕屋の中は、次第に冷え込んできている。

だがムラトのこれは……誘い、なのだろうか。

ムラトはアルトゥの返事を悠然と待っているように見える。

いやだ、と言えばもう一組布団を出すのだろう。

その、ムラトの余裕のようなものが、アルトゥの気に障った。

——誘いなら、乗ってしまえばいい。

どうせ一度身体《からだ》を重ねてしまったのだから、二度目も三度目も同じことだ。

たいしたことではない。

アルトゥはきっと唇を引き結ぶと、着ているものを脱ぎ捨てた。

下穿《したば》き一枚になると、脱いだものを軽く畳んでいる間にも、裸の上半身に寒さで鳥肌が立ってくる。

ムラトが面白そうにこちらを見ているのを意識しながらも、アルトゥはムラトを見ずに、さっさと布団の中に入った。

厚い綿が入った布団だが、中はひやりとしている。

ムラトに背を向けるかっこうで横になっていると、背後でムラトが服を脱いでいる気配がわかった。

やがて、ムラトの身体がアルトゥの横に辷《すべ》り込んでくる。

肌が、直接触れた。

温かい。

そのまま……アルトゥは緊張して、ムラトがこちらに手を伸ばしてくるのを待ち受けていたのだが。

「……おやすみ」

ムラトはいつもの軽い調子でそう言うと、少しもぞもぞと身じろぎしてアルトゥに背中を向け、そのまま動きを止める。

このまま眠るつもりなのだろうか。

本当にただ、暖を取るために同じ布団に入ろうと言っただけだったのか。

アルトゥは、ムラトに誘われたのだと思い、身構えていた自分が急に恥ずかしくなった。

あれは本当に、たまたま酒が入って、アルトゥが気弱になっていたから「慰めた」だけのことで、ムラトは別に、常にアルトゥを欲しているわけではないのだ。

ばかばかしい。

どうかしている。

こちらだって別に――期待、していたわけではないのだ。

アルトゥはぎゅっと唇を噛《か》み締め、固く目を閉じた。

ムラトの呼吸が次第に深くなってくるのを感じていると、なんだか悔しくなってくる。

だが……

二人の体温で次第に布団の中は温まり始め、背中に感じるムラトの体温を心地いい、と感じ始めるころには、さすがに疲れが出たのだろう、アルトゥの意識も途切れ途切れになっていき……

いつしか、深い眠りに落ちていた。

翌朝目を覚ますと、よく眠った、という気がした。

もともと眠りが浅くしょっちゅう目を覚ますたちなのに、途中で一度も目覚めずに眠ったのは久しぶりだ。

そして次の瞬間、自分がどこでどういう状態で眠ったのかを思い出し、がばっと身体を起こした。

小さな幕屋の、天井に開いた煙出しの穴から、明るい朝の光が降り注いでいる。

そして……布団の中にはアルトゥだけ。

ムラトの姿は見えない。

どこへ行ったのだろう、と思いながら慌てて服を身につけていると……

「おはよう」

ムラトが明るい声でそう言いながら、幕屋に入ってきた。

もうちゃんと身支度を調えて、手には茶が入っているらしい土瓶を提げている。

「茶だけ貰ってきた。パンは手持ちのを食おう」

ムラトもよく眠ったのだろう、すっきりとした顔だ。

そう、別に何ごともなく、暖を取るために一つの布団でぐっすり寝ただけのことだ。

「寝坊してすみません」

アルトゥもいつも通り、普通に振る舞おうとしながらそう尋ね、自分にとっての「普通」とはずいぶんつんけんとした物言いなのだと、ふと気付いた。

「……ドラーンとユルーは？」

なるべく声音をやわらげようとしながら尋ねると、ムラトは笑って肩をすくめた。

「あの二人は早いんだ。何しろ、北と西の山の中にいくつもの草場を持っていて、交代で様子を見に行っているし、残った方は馬の訓練だ。王の厩《うまや》の、いい方から三分の一の馬は、ほぼあの二人が手がけた馬だよ」

そんなに、とアルトゥは驚いた。

もちろん王の厩には、草原中から優れた馬が集められている。

草原の部族の中でもそれぞれ、羊を肥《ふと》らせたり、馬具を作ったり、いい牧草を育てたりと得意なことがあるものだが、ドラーンとユルーの部族はよい馬を産する部族で……そしてその中でも、あの二人が手がけた馬は特に優れている、ということなのだろう。

「さあ、飯」

アルトゥが布団を片付けたところへムラトが土瓶を置き、パンを包んだ布を開く。

「さて、今日は何をしようか」

朝食を食べながら、ムラトはのんきな声で言った。

「ユルーが馬の調教をしているのを見物する？　それともユルーが言ったみたいに、馬を借りて山のほうに行ってみる？」

アルトゥは思わず反論した。

「私はここに、遊びに来たわけではないのです」

ムラトが眉を上げる。

「じゃあ、ここにいる間じゅう、眉間に皺《しわ》を寄せて、考えてもどうにもならないことを考えて過ごすのか？」

そこまで極端なことを言っているわけではない。

「でも……」

「大丈夫だ」

ムラトはきっぱりと言った。

「王都で何か動きがあれば、使いが来るようになってる」

アルトゥははっとした。

それではムラトは、思いつきで適当に動いているわけではないのだ。

アルトゥを捕らえる動きがあることを察知し、エツェグを厩から連れ出して旅の準備をしておくほど、周到に考えて行動しているのだ。

その軽い雰囲気に騙《だま》されそうになるが、あの王に信頼されている男なのだから、ただ者であろうはずがない。

ムラトが表情をやわらげる。

「ここでしかできないことをしたらいい。草原の北西の端がどんなだか知っておいて損をするようなことは何ひとつない」

それはそうだ。

なんだか言いくるめられているような気はするのだが……実のところアルトゥは、ムラトに言いくるめられることに、不本意ながら慣れてきてしまっているような気がする。

なんというか……その方が、気が楽なのだ。

「わかりました。ここにいる間は……任せます」

アルトゥはそう言って、頷いた。


北と西、そして南に突きだした山々に囲まれるような地形の放牧地は、確かに興味深い場所だった。

山々から豊かな水が流れ出し、土地は肥え、ここの部族は草原の中でもかなり豊かな部類に入るのだろう、とわかる。

王都からは離れているが、こういう場所でドラーンとユルーのように、地に足をつけて日々の暮らしを営んでいる民こそが、本当の草原の民なのだ。

ドラーンとユルーはそれぞれに忙しく、アルトゥたちを適度に放っておいてくれた。

アルトゥは食事の支度や、羊の小さな群れを少し離れたところまで連れて行って草を食べさせるなど、できることは進んで手伝った。

子どもでもできるようなことで、実際アルトゥも子どものころは部族の宿営地でそういう仕事をしていたはずなのに、いろいろと新鮮で興味深い。

馬を借りてムラトとともに山へも行ってみた。

石がごろごろする涸谷《かれだに》を上っていくと、山の向こうに驚くほど広い草地があり、馬たちはのびのびと駆け回っている。

そしてその先にも山々は重なり、どこまで続いているのかわからないほどだ。

「いいところだろう？」

アルトゥが言葉もなく山々を見つめていると、ムラトが静かに言った。

「ええ」

アルトゥが素直に頷くと……

「ここでずっと暮らすのも、悪くないと思う？」

ムラトが尋ね、アルトゥは驚いてムラトを見た。

「ここで、ずっと？」

ムラトは真面目な顔でアルトゥを見ている。

ここでずっと暮らす……不可能ではないだろう。

ドラーンとユルーを手伝う……または、自分なりにできることを見つけ、生きていく。

アルトゥだってもともと草原育ちなのだから、何かしら手段はあるはずだ。

だが。

一生ここにいたいか、というと……

「それは、できない気がします」

アルトゥは呟いた。

ここはとてもいいところだけれど、ずっといたいか、というとそれも違う。

王都でセルーンの側仕えをしているのも、決していやではなかった。

それどころか、自分の仕事を誇りに思っていた。

部族ごとに相争っていた草原の民をひとつにまとめて国を作る、という王の偉業を間近で見ることも、セルーンという気高く優しい、特別な存在に仕えることも、楽しかった。

父の思惑がらみではあるが、自分に与えられた環境を気に入り、精一杯務めていた。

だが……それすら、息苦しさと背中合わせだったのだ。

それをはっきりと意識し始めたのは、石造りの都への引っ越しが具体的になったころからだったのかもしれない、と思う。

あそこに移れば……もう永久に、自分の居場所は定まってしまう、と。

そうだ。

自分はそういう人間なのだ、とアルトゥは思った。

どこかに居場所を定めることのできない人間。

居場所が「ない」のではなく……定めることを拒否しているのではないか。

人は皆、与えられた場所で生きていくしかないはずなのに、どうして自分はこうなのだろう。

「……あんたは、どこへ行って、何をしたい？」

アルトゥの表情の動きをじっと見つめていたムラトが、静かに尋ねた。

どこへ行って、何をしたいのか。

「わからないのです」

アルトゥは首を横に振った。

「ただ」

真っ直ぐに面を上げて、北の山々を指さす。

「たとえば、あの向こうに何があるのか知りたい。あの山々には終わりがないのか、それともどこかで終わって、その向こうに、知らない世界があるのか、あるとしたらそこにはどういう人々がいて、どういう暮らしをしているのか……そんなことばかりが、頭に浮かぶのです」

「……あの山を越えた者は、まだいない」

ムラトが静かに言った。

「一年中氷と雪に閉ざされていて、人も馬も越えられない険しさだ。それでも……いつか誰かが越えるだろう、それが自分だったら……と、俺も考えることがある」

アルトゥははっとしてムラトを見た。

ムラトの声の中に、夢見るような希望とともに、手の届かないものへの憧《あこが》れがある。

ムラトは王の命によるものとはいえ、好き勝手にあちこち遠くまで旅をして、行くことができない場所などないと思っていた。

「北の山だけじゃない」

ムラトは言葉を続ける。

「西の山にはかなり深くまで入っていけるが、それでもやがては険しい山々に阻まれて、途中で折れて南下するしかない。西の国々へ行くには、かなり南の方の、よく知られているいくつかの峠を越えるしかない。だが本当にそこしか越えられないのか？　まだ誰も知らない峠があるんじゃないのか……と思っていたら」

ムラトの口調に笑みが籠もった。

「実際、去年の冬の演習で、ユルーの犬が……谷と谷を繋ぐ新しい峠を発見したんだ。よく知っていると思っている範囲でもそんな発見がある。そういう話を聞くと、わくわくする……そして、今度は俺が見つけてやるぞ、という気持ちにもなるな」

谷と谷を繋ぐ新しい峠を見つける。

想像しただけで、アルトゥの胸も高鳴った。

そうだ、別に北の山を越えるだけではない。どこか知らない、新しい場所なら、どこだってアルトゥの胸をときめかせるはずだ。

「……行くか？　俺と一緒に」

ふいにムラトがそう言って、アルトゥは思わずムラトの顔をまじまじと見た。

行く……どこかへ、どこか知らない新しい場所へ、何か見つけに。

ムラトと。

もしかするとこの男と自分は……同じものを求めているのだろうか。

この男なら、アルトゥがずっと秘めていた「居場所がない思い」を理解してくれるのだろうか。

ムラトと一緒なら……どこまでも、地の果てまでも、駆けていけるのだろうか。

ふと、ここへ来る道中、駆けている最中のあの高揚感が蘇《よみがえ》った。

全身が痺《しび》れるような、身体が宙を駆けているような、あの感覚。

それを、この男となら……

視線が、絡む。

ムラトの目が真っ直ぐにアルトゥの目を見つめ、そこから心臓までを射貫いて、アルトゥの中にある、アルトゥが知らない何かを表に引きずり出そうとしている。

それが、怖いのと同時に、何か、こう——

ムラトが静かに、自分の馬をアルトゥの馬に一歩寄せた。

上体を横に傾けるようにして、顔を近寄せてくる。

アルトゥも……わずかに、同じようにムラトに顔を寄せていた。

そして、次に何が来るのかを、ちゃんとわかっていた。

唇が、重なる。

ムラトの体温が、触れ合ったわずかな面積から、全身に伝わるような気がする。

そうだ、この体温を、あの日……感じたのだ。

この男を自分の中に受け入れたのだ、と思ったとき。

エツェグがびくと動いた。

はっと我に返ると、どどどど、という地響きが聞こえてきた。

少し離れた場所にいた馬の群れが移動し始めたのだ。

ムラトがすっと身体を離す。

「……日が傾いてきた。そろそろ帰るか」

ムラトがいつもの軽い口調で言ったが、その目にどこか……優しい、甘いものがあってアルトゥの胸をどきりとさせる。

ムラトはすっと馬首を返し、アルトゥは、今のはなんだったのだろう、ムラトと自分の間に何が起きたのだろう、と思いながら、黙ってムラトのあとに続いた。

「アルトゥさん！」

エツェグに跨《また》がっていたユルーが、囲いの柵の外側にいたアルトゥに近寄ってきた。

初対面から相手を呼び捨てにすることは草原の習慣で、アルトゥもドラーンとユルーを呼び捨てているのだが、どういうわけかユルーは「さん」を取らずにいる。

そのせいか、ユルーはとても親切で親しげに接してくれるのだが、どこか距離のある丁重さだと感じる。

それは自分のせいなのだろう、とアルトゥは思っていた。

相手を容易に打ち解けさせない「とっつきにくさ」が自分の中にある。

王都では余計な人間が近寄ってこないのが楽だと感じていたが、この草原の果てでたった四人で顔をつきあわせているのに、自分の周囲だけわずかに距離を置かれているような気がしているのは確かだ。

しかし、ユルーの親しげな笑みに、アルトゥはそんな思いを胸の奥に押し込めた。

「どうです？　足取りが軽くなったでしょう？」

ユルーがそう言って、エツェグのたてがみを優しく撫《な》でる。

エツェグの足取りは、確かにほんの一刻前に比べ、軽やかになっていた。

「本当に……違いますね。何がどうだったんでしょう？」

「右の後ろ脚の歩幅が、歩き続けるとちょっと狭くなる癖がついていたんです。でももう大丈夫ですよ」

ユルーはそう言って、エッツェグの首を軽く叩いた。

「ね？　このほうが疲れないってわかったよね？　これで、ご主人ともっともっと長く歩けるよ」

エッツェグが首を上下に振る。

ユルーは単に「馬の気持ちがわかる」のではなく、本当に馬と会話ができるようだ、とアルトゥは感心した。

「乗りますか？　少し試してみて下さい」

ユルーがそう言ってエッツェグから下りたので、アルトゥは柵を跨いで中に入り、エッツェグに乗った。

「では、僕は向こうに行きますね」

ユルーがそう言ってその場を離れ、アルトゥはエッツェグの歩調を確かめた。

確かにエッツェグも、そして乗っている自分も、以前より楽だと感じる。

旅の疲れもすっかり取れているようだ。

しばらく歩かせたあと、エッツェグから下り、身体をきれいにしてやろうとアルトゥは水場のほうへ手綱を引いていった。

三つの幕屋のうち、食料などを入れる倉庫になっている幕屋の裏に、水場はある。

幕屋を回り込もうとして、アルトゥはふと脚を止めた。

エツェグも静かに止まる。

……話し声がして、ムラトの声で「アルトゥ」という言葉が聞こえたように思ったのだ。

「それは、驚きましたよ」

ユルーの声も聞こえる。

「いきなり、あんなにきれいな人を連れてくるんですから。あんまりきれいで、話すときに緊張してしまうくらい……僕のことを失礼だと思ってなければいいんですけど」

「いやいや、ユルーには驚くほど気を許してると思うよ」

ムラトとユルーが、自分のことを話している。

どういう内容にせよ、立ち聞きなどするべきではない。

静かに去るべきか、それとも普通に姿を現すべきかとアルトゥが迷っていると。

「あの人を見た瞬間、去年、僕と馬を並べる関係になりたいって申し込んだのは、本当に冗談だったんだなって思いましたよ」

ユルーが笑いながらそういうのが聞こえ、アルトゥははっとした。

どういう意味だろう。

去年……「馬を並べる関係になりたい」と申し込んだ？

誰が誰に？

「いや違う、あれは冗談なんかじゃなかったよ」

苦笑が籠もった、ムラトの声。

「あんたとドラーンの間に割って入る隙間はありそうだなと思ったし。実際のところ、迷ったのは確かだろう？」

アルトゥは、後頭部をがつんと殴られたような気がした。

ムラトが、ユルーに申し込んでいたのだ。

ユルーとドラーンの間には確固たる絆《きずな》があるのは、アルトゥにもわかる。

だがムラトは、その二人の間に割り込んでドラーンからユルーを奪おうとしたのだろうか。

それほどに……ユルーを欲した、ユルーに惹《ひ》かれていた、ということだろうか。

いや、過去形とは限らない。

もしかしたら、今も。

「迷ったのは、僕が子どもで、ちゃんとドラーンと向き合っていなかったからです」

ユルーの声が、真面目なものになる。

「あのとき……あなたと二人で西の湖に行ったとき……」

これ以上聞いてはいけない。

聞きたくない。

アルトゥは頭ががんがんと痛み出すように感じながら、そっと後ずさった。

エッェグは身軽な馬だしアルトゥの意図を察することもできるので、派手な音を立てることなく、静かに向きを変える。

話し声が聞こえないところまで来ると、アルトゥはエッェグに飛び乗った。

そのまま、方向も定めずに走り出す。

遠ざかりたい、とにかく、ここから……！

ムラトは以前、王とセルーンのような「馬を並べる関係」について「俺には無理なんだろうなあ」と言っていた。

それは、居場所の定まらないムラトのような男に、永続的な関係は難しいという意味かと思っていたのだが……あのときすでに、ユルーに申し込んで断られていたのだ。

欲しい相手がいれば、遠慮せずにぐいぐいと行く男なのだ。

だったら……ムラトはアルトゥのことを、どう思っているのだろう？

アルトゥは、そんなことを考えた自分が可笑《おか》しくなった。

そうだ。

いつの間にか……ムラトが、自分に対して何かしら、普通の好意以上の感情を持っているのではないか、と思い込んでいたのだ。

そんなことがあるわけがない。

初対面からずっと、自分はムラトに対してつんとした態度を崩さず、他の誰に対してもそうするのと同じように、敢《あ》えて壁を作った。

だがムラトは、平然とその壁を乗り越えてきた。

これまでそんな相手はいなくて……それでアルトゥも、距離感を誤ったのだ。

確かにムラトは、親切な男だ。

草原で不審な男たちから守ってくれたことも、ここに連れてきてくれたことも、ムラトにとっては、関わってしまった相手になら誰にでもするような、親切程度のことなのかもしれない。

慰める、と言って……アルトゥを抱いたことだって。

あんなことは、ムラトにとって、誰とだってできるようなことなのだ。

特別な感情などなくても。

そもそもあの行為には、なんの約束も感情も伴わないと、あのときムラトははっきり言ったし、自分も承知したはずだった。

それなのにいつの間に……どうして……あれが何か、特別なことだったと思い込んでいたのだろう。

北の山々を見つめながら話したことも……そしてあの、口付けも。

何か、二人の関係を「約束」するようなものではなかった。

最初から、そうだった。

自分だけが、ムラトとの距離が近付いたように思い……いつしか勘違いしていた。

いつの間にか、ムラトに心を開きかけていた。

それが間違いだったのだ。

山の際まで来て、ようやくアルトゥはエツェグの歩調を緩めた。

胸が、痛い。

アルトゥは思わず片手で胸のあたりの服を摑んだ。

この痛みはなんだろう。

ムラトという男の気持ちを見誤ったことへの……自分自身への、怒りだろうか。

それとも……自分には縁がないと思っていた「何か」を、摑みかけたと思ったらそうではなかったことへの、悲しみだろうか。

知らない。

こんな気持ちは、知らない。

ただただ……辛《つら》い。

アルトゥの視界が、突然曇った。

それが涙だと悟った瞬間、喉の奥がかっと熱くなり、息が苦しくなる。

アルトゥは、血が滲《にじ》みそうなほどに唇を嚙み締めた。

ムラトの心は、どこにあるのだろう。

あの明るい視線の先には、今もユルーがいるのだろうか。

ユルーは明るく、優しく、そして才能ある人間だ。

誰もが好感を持たずにはいられない。

ムラトが惹かれたのも、わかる。

——自分とは、違う。

煩わしい人間関係が苦手で、自分から壁を作ってその中に逃げ込んで、他人の好意をうっとおしいものだとしか感じていなかった自分のような人間に、誰が惹かれるだろう。

顔だけしか取り柄がない、という……父や兄の言葉を思い出す。

今となってはこの顔すら、取り柄なのかどうかもわからない。

氷の美貌、などと言われることを、嫌悪しながらも……自分の美貌を否定していなかったことが、思い上がりだったのだ。

美しいと言うならば……セルーンやユルーの方が、人間としてはるかに美しい。

顔立ちももちろんだが、魂の美しさが表に出ている。

自分の内側には、そんな美しさなど存在しない。

そんな人間に、そもそもムラトが特別な想いを寄せてくるはずが、なかったのだ。

すべては自分の思い上がりだったのだ。

「……っ……っ」

胸の辺りにつかえていた熱い塊のようなものが、とうとう喉をくぐり抜けて唇から洩れた。

涙が、頬に零れる。

アルトゥはそれでも、必死になって自分の内側から溢《あふ》れてくるあらゆる思いに蓋をしようと、声を堪《こら》え、拳を握り締めていた。


夕暮れ時になって幕屋に戻ると、ムラトが幕屋の前に立っていた。

「お帰り、遠駆けに行くなら声をかけてくれればよかったのに」

他意のない、いつもの軽い口調。

そう、いつだってこの男はこんな調子だ。

言葉の裏にも、表情の奥にも、秘めているようなものは何もない。

深読みする方が愚かだったのだ。

草原で一人泣いた後、アルトゥは、もう騙されまいと決意していた。

二度とこの男に自分の弱みを、自分の本心を見せたりはしない。

「私だって一人になりたいときがあります」

冷たい口調でアルトゥは言って、手綱を受け取ろうとしたムラトを無視してエッェグから下りる。

そのままムラトの前を無言で通り過ぎて水場に向かうと、ムラトが軽く肩をすくめたのが見えた。

その夜、アルトゥはもう一組の布団を引っ張り出して、ムラトの布団とできるだけ距離を離して敷くと、さっさと潜り込んだ。

ムラトは無言でその様子を眺めていたが、さほど傷ついた様子もなく、「今夜は寒そうだ」とだけ呟いて、服を脱ぎ始める。

何かあったのか、と尋ねることすらしない。

それほどの関心もないのかもしれない。

アルトゥはその姿が目に入らないように背を向け、目を閉じたが、なかなか眠りにつくことはできなかった。

腹が立つ。

苛立《いらだ》たしい。

ムラトのせいではなく……ムラトが自分に向ける感情を勘違いしていた、自分に対して苛立っている。

ムラトが言うとおり、その夜は特に寒かった。

それが、背中に感じるムラトの体温がないせいだとは、アルトゥは認めたくなかった。

一晩中悶々《もんもん》としているうちに、それでもアルトゥはなんとか自分の気持ちを整理した。

ムラトと自分の間は、特別な約束のある関係ではない。

それなのにムラトは親切にしてくれている。

事実はそれだけで……それでもじゅうぶんに、感謝すべきだ。

そして、感謝以上の感情を抱くべきではない。

二人でどこかへ遠乗りや遠駆けに行ったり、心の中にあるものを打ち明ける必要もない。

そしてそれよりも……自分の身の振り方を考えるべきだ。

ムラトは何かあったら知らせがあるはずと言っていたが、ただそれを待っていてもいいのだろうか。

ここで無為に過ごすのではなく、何か行動を起こすべきではないのだろうか。

自分がここにいる間に兄が捕まったり父が処刑されたりしたら。

自分は、母の側にいるべきではないのか。

そして、王とセルーンが都にいつ戻るのかも気になる。

戻ってきたとき、セルーンの側仕えである自分が無断で姿を消したと知ったら、セルーンはどう思うだろう。

ここに来たのは、間違いだったのではないだろうか。

都に戻ると言ったら、ムラトはどうするだろう。

反対するだろうか。

それならそれで……仕方がない。

とにかく、冷静に、ムラトと話をしなくては。

明け方近くにようやくそう結論を出して、なんとか浅い眠りについたと思ったら……

チャガンが、激しく吠え立てている声で目が覚めた。

すぐにチャガンを宥《なだ》めるユルーの声が聞こえ……数頭の馬の足音の気配が聞こえる。

暗がりの中でムラトがさっと衣服を身につけ始めたのがわかった。

幕屋の入り口の扉が、控えめに叩かれ、ムラトが開ける。

「……何か?」

「ムラトにお客です。夜通し駆けてきたようです」

「わかった」

「よかったら、あちらの幕屋を使って下さい」

「ありがとう」

小声で会話を交わし、ムラトが手早く身支度を調えて幕屋を出ていくのがわかり、アルトゥも起き上がった。

客。

もしかしたら、都から何か知らせが来たのだろうか。

だとしたら自分にも関係があるはずなのに、ムラトは一人で出て行ってしまった。

きっと……自分の、昨夜の態度のせいだ。

あんなふうにムラトを無視したから。

そう思ったアルトゥは慌てて服を着て、幕屋を出た。

三つの幕屋は会話が届かないくらいに離れていて、そのうちの、倉庫代わりに使っている三つ目の幕屋の前に、馬が三頭いるのが見えた。

ということは、客は、三人。

急いで幕屋に駆け寄り、扉を叩こうとして……アルトゥははっとした。

「もちろん、セルーンも一緒だ」

知らない男の声が、セルーンを呼び捨てにしている。

草原の民ならば、セルーンには絶対に敬称をつけるはずだ。

「王とともに。あさってには都に着くだろう」

「当然、新都だな」

これは、ムラトの声。

「ああ、王の幕屋周辺の移転は終わっているからな」

「では、計画は、三日以内か」

「大臣の入れ替え、これはなんとでもなるだろう。刑部大臣と軍務長が仲違《なかたが》いしてくれていたのは好都合だった」

軍務長というのはアルトゥの父だし、刑部大臣はその父の政敵だ。

刑部大臣が父を捕らえたのは事実だが……男の声は、刑部大臣の配下という感じではなく、この会話は、何かがおかしい。

アルトゥは、扉に近寄って、耳をつけた。

これは、昨日ユルーとムラトの話を立ち聞きしてしまったのとは、わけが違う。

「もう一つが難題だ」

ムラトがため息をつくのが聞こえた。

「セルーン暗殺、と言うのは簡単だが」

アルトゥはぎょっとした。

セルーン暗殺。

どういうことだ。

「例のあれは、ここにいるんだろう？　セルーンの側仕えの、あの高慢ちきは」

これは、アルトゥ自身のことだ。

「ああ」

ムラトの声は、どこか得意げだ。

「あれを引き離しておけば、セルーンの身辺はだいぶ手薄になる」

「そこに目をつけたのは、お前の手柄だ。これがうまくいけば、我らの太守も喜ぶだろうよ」

太守というのは……西の大国の、王のようなものだと聞いたことがある。

では……この男たちは、その、西の太守の手下なのか。

ムラトも。

あれだけ王の信頼を得ていながら、実はムラトの心は西の国にあり、王を裏切っていたのか。

アルトゥは、足元の地面がぐずぐずに崩れていくような感覚を覚えた。

ムラトはセルーンのもとから自分を引き離しておくのが目的で、ここに連れてきたのか。

いや、そもそも、アルトゥに近付いてきたことも。

——慰める、と言って……アルトゥを抱いたことすら。

その結果、アルトゥがムラトに心を開き、その厚意を信じることになると……計算ずくだったのか。

なんということだろう。

まんまとそんな計略に引っかかったあげくに、自分は傷つき、涙したのか。

だが、自分自身の心のことなどに構ってはいられない。

セルーンの身が危ない。

数日以内にセルーンが王とともに都に戻り……まだ落ち着いていない新都で、暗殺されてしまう。

自分が都にいて、新都の、セルーンの私室の安全をちゃんと確保しておくべきだった。

都を離れたのは、間違いだった。

逮捕を逃れるだけなら、こんなに遠くまで来る必要はなかったのだ……！

戻らなくては――間に合ううちに。

ムラトとここにいる男たちが、実行犯なのか、一味が都にいて行動に移すのかわからないが、彼らに気付かれないように、都に向かわなくては。

だが、暗殺計画というだけでは漠然としすぎている。

もう少し具体的な話をしてくれないだろうか。

そう思って扉に身を寄せていると……

ユルーとドラーンの幕屋から、二人が出てくるのが見えた。

日が昇り始め、二人はもう仕事のために起きだしたのだ。

ドラーンがアルトゥに気付いたらしく、ユルーに何か言い、ユルーもこちらを見た。

これ以上、話を盗み聞きするのは無理だ。

アルトゥは決心し、身を翻して駆けだした。

ユルーたちの反対側、エッェグがいる囲いのほうへ。

「アルトゥさん？」

驚いているユルーの声を背に、アルトゥは囲いに近付くと、エッェグが何かを察したように近寄ってくる。

鞍置きからエッェグの鞍を取り上げて手早く乗せ、アルトゥがエッェグに跨がったときには、ムラトと見知らぬ男たちが幕屋から飛び出してきていた。

「アルトゥ！」

ムラトの声が聞こえたが、そちらを見もせず、エッェグの腹に蹴りを入れる。

たちまちエッェグは矢のように走り出した。

草原を、朝日が照らし始めている。

その太陽を左に、ひたすら南へ。

王都へ。

間に合いますように。

セルーンの身が、無事でありますように。

そう思いながらも……アルトゥは、自分の胸がまるで刃物で抉《えぐ》られたように鋭く痛むのを感じていた。

来るときムラトと三日駆けた距離を、アルトゥは二日で駆け戻った。

何も荷物を持たずに飛び出したため、途中放牧の民と出会って水を少し分けて貰い、エッェグを休ませる時間だけを取って、ひたすらに駆け通す。

来るときに比べて苦しいと感じるのは、傍らに誰かがいるとかいないとか、そういうことではなく……ただ、無理をしているせいだろう。

やがて王都に通じる、人々が行き交う街道に出ると、行程は楽になった。

すぐに王都が見えてくる。

すでに人々の行き先は、幕屋が連なっていた仮王都ではなく、石造りの王都だ。

王都を囲む城壁は完成し、城門が機能し始めているらしく、兵たちが王都に入る人々をあらためる列が出来ている。

その列の長さに、アルトゥは苛立った。

通行証のようなものがあるわけではなく、兵が、怪しいと思った者を脇に呼んで荷物をあらためたりしている手際がまだ悪いのだ。

アルトゥは思い切って、列の脇を抜けて前に出ると……

「セルーンさまの側仕えです！　急ぎセルーンさまのもとに戻らなくてはなりません！　通しなさい！」

思い切って、そう叫んだ。

並んでいた人々や兵が、一斉にアルトゥを見る。

ろくに休まずに駆け通してきたアルトゥの髪は乱れ、馬も疲れた様子だ。

と、並んでいた人々の中から声があがった。

「確かに、あの方はセルーンさまの側仕えだ」

「仮王都で、見かけたことがある」

兵たちの中にもアルトゥを見知っている者がいたらしく、城門を塞ぐように構えていた槍《やり》がさっと上がった。

「どうぞ、お通りください」

よかった、と思いながらアルトゥは城門を駆け抜けた。

あっさり通れたのはありがたいが、拍子抜けするような思いでもある。

自分は手配され、追われているわけではないらしい。

そのまま王宮に駆け込もうとしたアルトゥを、王宮の内門直前で、左右から兵たちが槍を突き出して止めた。

「馬を止めろ！　何者だ！」

揃《そろ》いの革鎧を着た、王宮の衛兵だ。

「セルーンさまの側仕えです！　急いでいます、通しなさい！」

同じようにアルトゥは叫んだが、城門の兵とは違い、衛兵は槍を引かなかった。

訝《いぶか》しげに顔を見合わせている。

「知っているか？」

「知らんな」

アルトゥの顔を知らないようだ。

そもそも仮王都でなら、王の天幕の衛兵たちは、みな顔見知りだった。

だが人数が増えたせいか、それとも衛兵を総入れ替えでもしたのか、確かに見知らぬ顔ばかりだ。

「誰か、仮王都の衛兵だった人は」

辺りを見回すアルトゥを、衛兵たち槍の柄で、馬ごと押し戻す。

「とにかく下馬しろ。誰か、しかるべき者と一緒なら通す」

力尽くで通れるような状況ではない。

正面から突破するのは無理だと悟り、アルトゥは唇を噛んで、エッェグの向きを変えた。

急いで考えをまとめ、王の厩へと急ぐ。

エッェグも相当に疲れているはずだし、一度身軽になるべきだ。

幸い王の厩では、見知った者が迎えてくれた。

「アルトゥさん！　しばらくお姿が見えませんでしたが、遠くへご用でしたか」

そう言いながら、エッェグを引き取ってくれる。

「……何か、変わったことはありましたか」

普段なら無駄話などしないアルトゥがそう尋ねたので、厩係の男は驚いたように瞬《まばた》きしたが、すぐに答えた。

「こちらに移ってから、変わったことばかりですよ。兵の数が増えて、なんだかものものしくてね。何かというと兵があらために来るので、商売もしにくいようですよ」

眉をひそめてそう言ってから、付け加える。

「まあ、昨日ようやく王がお戻りになられたので、落ち着くと思うんですけどね」

それでは、王とセルーンは戻ったのだ。

それがわかっただけでもありがたい。

一刻も早くセルーンのもとへ行き、暗殺計画のことを伝えなくては。

……ムラトを信用してはいけない、ということも。

「そうですか……ではエッェグをお願いします」

アルトゥは平静を装ってそう言い、厩を出た。

それから、王宮の横手に回る。

何度も下見に来ているから王宮の勝手はわかっているつもりだったが、やはり実際に衛兵が配置されると、忍び込む隙間もない、という感じだ。

それでもなんとか顔見知りの兵でも見つかれば……と建物の間に身を潜めつつ様子を窺っていると……

「アルトゥさん！」

突然背後から声をかけられ、アルトゥはびくりとして振り返った。

そこにいたのは、ダラン……アルトゥのもとで、下働きとしてセルーンに仕えている少年の一人だった。

「ダラン」

「アルトゥさん、よかった、ご無事だったんですね！」

「セルーンさまは？」

アルトゥがとにかくそれが知りたい、と勢い込んで尋ねると、ダランは不安げにアルトゥを見た。

「あの……あの、アルトゥさんは、セルーンさまの……味方、ですよね？」

躊躇うような問いに、アルトゥは何か、不穏なものを感じた。

「もちろんです。ダラン、あなたは」

「僕もです！　でもだからきっと、お役を解かれたんです」

「役を解かれた⁉」

驚いて問い返すアルトゥに、ダランが頷く。

「アルトゥさんと同じように……王都への引っ越しが終わってすぐ、僕たちもみんな、配置換えになったんです。僕は今、厨房《ちゅうぼう》の下働きをしています」

言われてみるとダランは、小麦の袋を背負っている。

セルーンの側仕えは、いずれは頼りになる側近として育てるために優秀な少年たちを集めていて、ダランはその中でも特に賢い少年なのに、厨房の下働きとは。

「では、セルーンさまには会えないのですか」

「はい」

ダランは頷く。

ということは、今、セルーンの周囲には、気心の知れた者はいない。

それどころか、敵に囲まれている可能性が高い。

一刻を争う状態だ。

「ダラン」

アルトゥは、ダランの両肩を摑んだ。

「セルーンさまに危険が迫っています。なんとかセルーンさまのお側にいかなくてはいけないのです。王宮の中に入る方法はありませんか」

ダランは驚いたように瞬きをし、それから一瞬何か考え……

「小麦の、配達人のふりをしていただけますか。僕一人では持ちきれない重さなので、店から運んで貰ったことにして」

早口でそう言うと、背負っていた小麦の袋をおろし、アルトゥに背負わせる。

それからアルトゥの顔を見て一瞬躊躇ったが、懐からぼろ布を取りだした。

「これで顔を……あの、アルトゥさんの顔はきれいすぎるので」

小麦売りの商人には見えないという意味だろうとアルトゥは察し、そのぼろ布を頭から被《かぶ》って、顔の下半分を隠す。

二日間駆け通しで服が汚れているのは幸いだ。

小麦の袋はさほど重いものではなかったが、アルトゥはあえて重そうに腰を曲げた。

「こちらへ」

ダランが先導し、王宮の横手の内門に向かう。

一人だけいた衛兵に「小麦です、重いので運んで貰います」と、少し緊張した声でダランが言うと、ダランの顔を知っているらしい衛兵は、面倒そうに頷いた。

「帰りも一応、お前さんがここまで送ってやれ」

「はい」

衛兵の脇を通りながらアルトゥの心臓はばくばくと音を立てていたが、衛兵は特に怪しむこともなく通してくれた。

そのまま裏手に回る。

「ここが厨房の入り口なんですけど……中を見てきます。ちょっと待ってて下さい」

ダランがそう言って扉を開けて入っていく。

アルトゥが待っていると、ふいに数人の足音が聞こえた。

アルトゥが慌てて側にあった樽《たる》の陰に身を潜めて盗み見ると、兵ではない、武装した男たちだった。

十人ほど……その中の二人は、ムラトのように布を頭に巻き付けた、西の人間だ。

残りは草原の男たちだが、その中の一人の顔に、見覚えがあった。

確か……刑部大臣の、部下だ。

父の政敵であり、父を謀反の罪で捕らえた大臣と一緒にいるのを見たことがある。

「ここから入れ」

その男が一隊を指揮しているらしく、そう言って男たちを厨房の扉から入れる。

こんな男たちが、こんな場所から入っていくとは、ただ事ではない。

彼らを追うべきか、とアルトゥが立ち上がったとき、

「アルトゥさん」

背後から声が聞こえた。

さきほど入っていった厨房の扉とは違う、さらに奥にある扉から、ダランの顔が覗《のぞ》いている。

「こちらから」

ダランの言葉に、その扉まで走る。

「どうも、変です」

ダランが囁《ささや》いた。

「衛兵の数が少なくて……今、見たことのない男たちが入っていきました」

急がなくては、とアルトゥは思った。

「これを」

背負っていた小麦の袋をダランに渡す。

王宮の構造を思い浮かべ、セルーンの部屋に通じている最短の通路を選び取る。

「ありがとう、ダランも気をつけて」

そう言ってアルトゥは、走り出した。

新しいこの王宮には、万が一に備えた、秘密の通路のようなものが作られている。

ごく内輪の側近にだけ存在を知らされるもので、その「内輪の側近」として設計者から説明を受けた。

そのとき、西の国の後宮で王が他人に見咎《みとが》められないように妾《めかけ》のもとに通う通路を参考にしたのだと言われてアルトゥは呆《あき》れたが、こういうときに役立つものでもあったのだ。

二階へ通じる階段を駆け上がり、暗い通路を走り抜け、角をひとつ曲がると、意図していた扉に辿《たど》り着く。

手前側に扉を開けると、アルトゥ自身が選んだ、見覚えのある壁掛け布の裏側が見えた。

ぱっとそれを捲《まく》って中に飛び込むと——

そこは、セルーンの居間だった。

一人で部屋で寛《くつろ》いでいたらしいセルーンが、片膝《かたひざ》を立ててさっと身構え……

「アルトゥ⁉」

驚いて叫んだ。

「どうしてそこから……いったい、どこに」

「セルーンさま、危険があります」

アルトゥは急いで言った。

「ここから脱出を」

セルーンは一瞬、事情を尋ねようと口を開きかけたが、アルトゥの真剣な顔に気付いてか、すぐに立ち上がった。

「その裏は？」

「通路です」

アルトゥがそう言って、垂れた壁掛け布をもう一度捲ってセルーンを通そうとしたとき。

ばん、と音を立てて部屋の入り口が開いた。

次の瞬間、武装した男たちが雪崩《なだ》れ込んでくる。

遅かった。

アルトゥはとっさに、帯にたばさんでいた小刀を握った。

草原の男なら誰もが身につけているこんなものすら、部屋で寛いでいたセルーンの手元にはないようだ。

「セルーンさま!」

アルトゥはとっさに、賊とセルーンの間に飛び込む。

賊は五人……いや、六人。

二人はムラトと同じように頭に布を巻き付けている。

さきほど、厨房の裏から入っていった男たちに間違いない。

「そこに出口があるぞ!」

一人が叫び、さっとアルトゥが入ってきた秘密の通路の前を塞いだ。

男たちは刀を構え、アルトゥとセルーンを囲む。

「一人じゃなかったのか」

「どうせへなちょこの側仕えよ、一緒にやってしまえ」

一人がそう言って振り下ろした刀を、アルトゥはかろうじて小刀で受け止めた。

相手が力を込める瞬間を見計らってさっと小刀を引き身体を横に逃がすと、男が前につんのめる。

「油断するな」

別の男が言い、じり、と距離を詰めてきた。

多勢に無勢。

だが……なんとかして、セルーンを逃がさなくては、とアルトゥは思った。

たとえ自分が倒されても、セルーンだけは。

それが自分の役目だ。

髪を結ったり、湯浴《ゆあ》みの世話をしたりするのだけが役割ではない。

側仕えの本当の役目は、自分の命に替えても、仕える相手の命を守ることだ。

「それ！」

男たちが一斉に刀を振りかざすと、アルトゥはとっさに身を屈《かが》め、刀の下をかいくぐって相手の懐に飛び込み、その脇腹に小刀を突き通した。

「うわ！」

男がよろめきながら後ずさり、倒れる。

横目で、別の男がセルーンに向かって行ったのが見え、アルトゥが横からその男に体当たりするのと同時に、セルーンが壁際にあった飾り台を両手で引き倒した。

男たちの方に向かって飾り台が倒れ、重い置物などが吹っ飛び、男たちが飛び退《の》く。

しかし、抵抗できるのはその程度だった。

せめて……武器があれば。

セルーンだって、そもそも自分などよりもよほど優れた武人だ。

戦場で弓を取れば、右に出る者はない。

だが、この状態では身を躱《かわ》し刀から逃げ回るのが精一杯だ。

そうやって時間を稼いでいる間に、誰か……騒ぎを聞きつけて駆けつけてはくれないのか。

そう、思ったとき。

「ぐあ！」

入り口近くにいた男が叫び声を上げてのけぞり……ばったりと、前のめりに倒れた。

その背中には、深々と槍が刺さっている。

そして、部屋の中に飛び込んできたのは――

王、その人だった。

「セルーン！」

刀を振るって賊を二人あっという間になで切りにし、セルーンに駆け寄る。

そちらに気を取られた隙に、アルトゥめがけて刀が振り下ろされた。

避けられない、と思った瞬間――

飛び込んできた人影が、刀とアルトゥの間に割って入った。

そのままアルトゥは、その男に、床に押し倒される。

自分に覆い被さるようにして庇《かば》ったその男が、見覚えのある布を頭に巻いていることにアルトゥは気付いた。

「ムラト……」

まさか。

そのとき、部屋の入り口から衛兵たちが雪崩れ込んできた。

「殺すな！　捕らえよ！」

セルーンを片腕で抱き寄せた王が叫び、衛兵たちが次々に男たちをねじ伏せ、後ろ手に縛り上げる。

……もう、大丈夫だ。

セルーンは無事だったのだ。

そしてアルトゥの上には、ムラトが覆い被さったままだ。

アルトゥがなんとかムラトの身体を押しのけるようにして上体を起こすと、ムラトの背中には血の染みが広がっていた。

斬られたのだ。

「ムラト……ムラト！」

アルトゥが呼ぶと、ムラトが薄目を開けてアルトゥを見る。

「王は……セルーンさまは、無事、か……？」

その瞬間、アルトゥにはわかった。

ムラトは謀反人の一味などではない。

「ご無事です！」

アルトゥは言うと、ムラトは弱々しく、にやりと笑った。

「あんたも無事……なら、よかった」

そのまま目を閉じる。

「ムラト！」

アルトゥはムラトの身体に取りすがったが、背後から誰かの手が伸びてきて止めた。

「揺らすな、手当をする」

王だ。

アルトゥは王の腕に助けられてよろよろと立ち上がった。

すぐにムラトの身体は衛兵たちに取り囲まれて見えなくなってしまう。

「アルトゥ、よくセルーンを守ってくれた」

王がアルトゥにそう言い、

「アルトゥ、ありがとうございます」

セルーンもそう言ってくれたが、アルトゥの耳にはその嬉しいはずの言葉もなんだか遠く聞こえ……

ムラトの身体が衛兵たちによって運び出されるのを見送っている視界が、急速に暗くなったように感じ、アルトゥはその場に頽《くずお》れていた。

目を開けると、母がアルトゥの顔を覗き込んでいた。

「ああ、アルトゥ、目を覚ましたのね」

母は優しく微笑んでいる。

アルトゥは、自分がどこにいるのか、何が起きたのかよくわからず、母を見た。

「ここ、は……？」

石造りの建物の中……木組みの天井には見覚えがないが、壁にはよく知っている壁掛け布が下がっている。

アルトゥ自身は、床に敷いた絨毯の上ではなく、足つきの寝台に寝ているようだ。

「お父さまの屋敷よ」

母の返事に、アルトゥは混乱した頭の中をなんとか整理しようとした。

そうだ……セルーンの部屋に飛び込んで……賊と戦って、そこへ、王と――

「ムラトは？」

アルトゥは叫んで身体を起こした瞬間、ふらりと目眩《めまい》がした。

母が上体を支えてくれる。

「ムラトさんなら、怪我《けが》はなさったけれど、命に別状はないそうよ」

その言葉に、一瞬止まりかけていたアルトゥの心臓がまた動き出す。

「私は……どうして……」

「あなたは、長距離をほとんど飲まず食わずで駆け通して、疲労で倒れたの……それと、空腹とね」

母はそう言って、大ぶりの木の椀を差し出した。

中には、麦粉の粥《かゆ》が入っている。

それを見た瞬間、アルトゥの胃が、痛いほどに疼《うず》いた。

そして、全身の筋肉が疲労できしんでいるようにも感じる。

「ゆっくりお食べなさい」

母が渡してくれた椀を受け取って、匙《さじ》を口に運んでいると、母が言った。

「ダランという子が来て、あなたに伝えてほしい、と。ダランや他の子は、無事に前の仕事に戻れましたって。そして、セルーンさまから、いつでも疲れが取れたら戻ってくるように、との伝言だそうよ」

「ダランが……」

よかった。

そして、自分もまた、セルーンの側仕えに戻れる、ということだ。

だが、結局誰がどういう企《くわだ》てで騒ぎを起こしたのか、よくわからない。

それを知らねば、と思いながら粥を食べ終わると……

扉が開いた。

「目を覚ましたのか」

そう言いながら部屋に入ってきたのは、父だった。

だいぶ痩《そ》せた、と感じる。

頬が削げて、身体も一回り小さくなったように見える。

「父上……ご無事でしたか」

「お前も」

父は、椅子を引き寄せてアルトゥの寝台の脇に座り……それから、上体を折り曲げるようにして、頭を下げた。

「アルトゥ、いろいろとすまなかった」

「父上……?」

アルトゥが驚き、戸惑って母を見ると、母は小さく頷いて部屋から出て行く。

「父上、あのお顔を」

アルトゥがそう言うと、父はようやく顔を上げた。

「……今回のことは、すべて王の采配だったのよ」

父はそう言って、ため息をついた。

「今回のこと……というのは、父上が捕らわれたことですか……？」

「いや王は、叛意《はんい》のある者をあぶり出そうとしたのだ」

父は弱々しく苦笑した。

「王は……わしと、刑部大臣のオルゴフ、どちらかが……または二人とも、叛意を抱いているのではと疑っていた。そして、新都移転の混乱の際に王が不在となることで、動き出すのではないかと……まんまと動いたのが奴だったわけだ。都の治安を握っているのをいいことに、移転に際して警護の兵を全部入れ替え、王宮を手薄にし、セルーンさま暗殺の機会を狙った」

軍務長である父と、刑部大臣の二人を……王は疑っていた。

移転に際してあえてセルーンとともに都を離れることで、わざと隙を作った、ということだったのか。

それに、刑部大臣がまんまと乗ったのだ。

「父上は……父上も、まさか」

先に刑部大臣が動いていなければまさか父が、と思いながら尋ねると、父は首を振った。

「とんでもない、そこまでのことは考えていなかった。わしはただ、男でも女でも、セルーンさま以外に王が寵愛《ちょうあい》するような者を送り込み、その者を通じて発言権を増したかった、それだけだ。奴のように、セルーンさまを殺そうなどと」

少し語気を荒らげてそう言ってから、急に声が小さくなる。

「まあ……考えていたことは、基本的には同じ……ということだろうがな」

そうだ。

父がアルトゥを送り込んだのだって、「顔だけが取り柄」のアルトゥが王の目にとまれば、という下心あってのことだった。

セルーンを殺すか、脇に押しのけるか、それだけの違いだったのだ。

「……だが、それだけじゃない」

父は語気を強くした。

「オルゴフのやつは西の大国と通じて、いずれは西の国の力を背景に、王に取って代われる権力を握ろうとさえ思っていたのよ。わしにも西の国から誘惑の使者が来たが、わしは乗らなかった。いくらなんでも、せっかく作り上げたこの国を他国に売るような真似《まね》はできん」

では、西の大国は……この草原の国で、建国に功あった実力者で、今の地位に不満がありそうな者に的を絞って、誘惑したのか。

乗ったのがオルゴフであり、それには乗らなかったのが、父だった。

「でも父上は……それを、西の国から誘惑があったことを、王に報告はなさらなかったのですね」

アルトゥは思わず厳しい声で言った。

他国の誘惑を報告しなかった……それだけでも王への裏切りであり、罪に問われるようなことだ。

父は唇を噛んだ。

「……そういうことだ。お前にそう言われると、辛いな」

そう言って、アルトゥを見つめる。

「お前はあるじに忠誠を尽くし、身をもってあの方を守ろうとした。わしは……オルゴフと大差ない野望を抱いていた。王は……わしの野望にも気付いていたが、今回はお前に免じて赦《ゆる》す、と言われたのだ」

王が……アルトゥに免じて父を赦す、と。

その裏には、セルーンの意思もあるに違いない、とアルトゥは感じた。

「では、父上の処分は」

アルトゥが尋ねると、父はまた、ため息をついた。

「わしは、旧都の守備隊長に降格になった」

それは……寛大な処置と言えるが、明らかな降格だ。

王は仮王都にも、なにがしかの機能を残す心づもりではあるのだろう。

そこを守備するということは、王の最側近ではなくなる、ということだ。

とはいえ、一定数の兵を握る立場に置くということは、その兵を使って何か企むことがあるのかないのか、父を試しているとも言えるだろう。

「父上」

アルトゥは、真っ直ぐに父を見つめた。

「どうぞ、誠実に務めて、王の信頼を取り戻して下さい。この国は、この国の民同士で勢力争いをしていられるような状況ではないはずです。何かあれば、すぐに東西の国につけ込まれる。この国の土台をまずしっかりとさせるために、王のために、心から尽くして下さい」

そう言いながらアルトゥは、自分が父に向かってこんな……諫《いさ》めるような物言いをしていることに、驚いていた。

あれほど父が怖かった、父に逆らえないと感じていたはずなのに。

父が、一回り小さくなり、急に年を取ったように見えるからだろうか。

いや、そうではない。

父は間違っていたと、はっきりわかるからだ。

「そうだな」

父も、はじめてアルトゥの言葉に聞く耳を持てた、というように頷く。

「それから」

アルトゥは言葉を続けた。

「どうぞ、部族の利益ではなく、国の利益を考えて下さい。部族同士で対抗するのはもう、やめにしなくては」

アルトゥの親族たちも皆、父が要職に就くことが部族の利益となることを期待してきた。

草原の民はずっと、部族同士で相争ってきた。

それをようやく王がひとつにまとめたというのに、父たちはその意識が抜けきってはいなかったのだ。

「その通りだ」

父は頷く。

「我らの考えが古く、以前の考えから抜けきれなかったということだな。お前には、それがちゃんとわかっているというのに……」

そう言って父は少し躊躇い、それから真っ直ぐにアルトゥの目を見つめた。

「これまですまなかった。わしはずっと、お前のことを、顔だけが取り柄だなどとひどいことを言ってきた。お前がそれほどに国のことを考え、誠実に仕事に励み、セルーンさまや王の信頼を得ていたというのに……わしには、自分と同じ考えの息子、フチテーしか、見えていなかったのだ」

その言葉に、セルーンははっと兄のことを思い出した。

「それで、兄上は？」

「あれは、役立たずよ」

苦々しく父は言った。

「今回も、わしが捕らえられたら尻尾を巻いて逃げ出して、部族の宿営地に匿われておったのよ。お前は……都に留《とど》まり、母の側にいてくれたというのにな」

どこかに潜んで、父を助ける算段をするわけでもなく……ただ、怯《おび》えて隠れていたのだろうか。

アルトゥは、もし父の謀反が本当なら、その謀反人の息子を匿ったことで部族全体が罰せられるようなことになるのは避けるべきだ……と思って宿営地には戻らなかったのに、兄はそういう気さえ回らなかったのだ。

だがそれもずっと、国の有力者でもある族長の息子として、父の傍らで持ち上げられてきた兄としては、仕方のないことだったのかもしれない。

父なしで、自分で判断することが、できなかったのだ。

「兄上は……父上から離れて何か仕事をしたほうがいいのかもしれませんね」

アルトゥが呟くと、父も頷いた。

「わしの側で、わしと同じように考えるのではない……自分の考えを持つ男になってもらわなくては……わしが誇れる息子に……お前のように」

「父上」

アルトゥは、胸がいっぱいになった。

父がこんなふうに自分を認め……アルトゥを誇りにさえ思ってくれる。

こうやって父から認められてこそ、はじめて自分は父の懐から離れ、自由に自分の道を行けるのだ、と感じる。

その意味では、自分も兄も同じように、父の陰から抜け出せずにいたのだ。

「父上」

アルトゥは優しく言った。

「父上もまだ、じゅうぶんに回復なさってはいないようにお見受けします。どうぞ、お休みください」

「……ああ。お前もまだ、休養が必要だろう」

父はそう言ってゆっくりと立ち上がり、背中を丸めるようにして、部屋を出て行った。


二日ほどは、母が寝床から出してはくれなかったが、起きられるようになるとすぐにアルトゥは家を飛び出した。

王宮へ……セルーンのもとへ行かなくてはいけないことはわかっていたが、その前に会わなくてはいけない人がいる。

何かにせき立てられるようにアルトゥは王都を走った。

王都はまだ引っ越しの混乱を残しつつも、新しい場所での生活が根付きつつあり、以前幕屋が連なっていたのとほぼ同じ並びで区画ができており、店なども覚えのある配置で、覚えのある商人たちが呼び込みをしている。

以前、仮王都でムラトの幕屋には行ったことがあったので、見当をつけて訪ね歩くと、すぐにムラトの家はわかった。

石造りの二階建ての建物が並ぶ通りだ。

木の扉を拳で叩くと、中で物音がして、それから少しだけ扉が開いた。

ムラト本人だ。

「アルトゥ！」

驚いたように目を見開き、慌てたように扉を大きく開ける。

「や、来てくれるとは思わなかった。ええと、とりあえず入って」

あたふたしているムラトを見て、アルトゥも慌てた。

ムラトの頭には布が巻かれておらず、急いで被ったと思われる、飾り布のようなもので覆われているだけだ。

着ているものも、前合わせの薄もの一枚。

「ね、寝ていたんですか、あの、具合が悪いのなら」

「ちが……いや、寝てたのは寝てたんだけど、怠けてごろごろしてただけで」

ムラトはそう言って、土間のさらに奥の、半開きの扉の中に駆け込む。

「ここでいいかな、何しろまだ全然ここで生活してなくて……どうぞ」

新都の石造りの建物は、父の家もそうだったが、踏み込んだところが土間でかまどがしつらえられてあり、他の部屋は石の床に椅子や寝台が置かれていたり、幕屋と同じように床が一段高くなっていて絨毯を敷いてあったりする。

ムラトの家はどうやら、後者のようで、扉を入ると手前が土間と同じ高さ、その奥に高くなった床が見える。

絨毯は敷かれているが壁は石が剝《む》き出しで、確かに「全然生活していない」という感じだ。敷いてあった布団をムラトは無造作に壁の方に押しやり、場所を空けた。

ばたばたしていると、頭に被っただけの布が床に落ち、ムラトの髪があらわになる。

以前、髪を洗うときにちらりと見ただけだったその明るい色の髪は、はっとするほど豊かで艶《つや》やかだった。

ムラトがいつも髪を隠しているのは、西の国の習慣であるのと同時に、草原では目立ちすぎるその髪の色を隠すためでもあるのだろう、とアルトゥははじめて思い当たる。

「うわ、ええと……まあなんというか、あんたには今さらか。何をやってるのかな、俺は」

慌てていたムラトは、自分の滑稽さに気付いたらしく、吹き出した。

アルトゥもなんだかおかしくなって、笑いが込み上げてくる。

「寝込んでいるのかとばかり……」

そう言ってからようやく、自分が心配していたことを思い出し、真顔になる。

「傷は」

自分を庇って、斬られたか刺されたかしたムラトの背中には、血が滲んでいるのを確かにこの目で見たのだ。

「本当に、たいしたことなかったんだよ」

ムラトはそう言って、アルトゥに背中を向け、無造作に薄ものを半分肩から落とした。

そこには、もうふさがってはいるが生々しい、薄紅色に盛り上がった刀傷があった。

確かに、深手ではなかったようだ。

「……よかった……！」

思わずアルトゥが大きく息を吐くと、ムラトが薄ものをまたきちんと羽織り、アルトゥに向き直る。

「でもあの、倒れたのは……」

アルトゥが言いかけると、ムラトは苦笑した。

「気絶したのは、ほっとして気が緩んだかららしい……何しろドラーンとユルーのところから、駆け通しだったし」

ムラトはそう言って髪をくしゃっと掻《か》き上げ、それが妙に艶めいた仕草に見えて、アルトゥは思わず顔を伏せた。

いったい、何をどう話せばいいのか……とにかくまず、言わなくてはいけないことがある。

「……私はその……謝らなくては……いろいろ、誤解、していたらしくて」

「うん、まあ、そうだろうなと思った」

ムラトの口調がいつも通りに明るいので、アルトゥはおそるおそる顔を上げる。

「そうだろうな、と……？」

「連中と俺の話を聞いたんだろ？　で、俺が西の国と通じていて、セルーンさま暗殺計画に関わっていると思った」

アルトゥは頷いた。

「でもそれは……違ったんですね。あなたは王の命を受けて、わざと西の間者と通じたふりをして、探っていたのでは？」

アルトゥなりに考えて出した結論に、ムラトは頷いた。

「そういうこと。あんたには説明をしていなかったから、誤解して当然……それだけ俺の芝居が真に迫ってたってことで、嬉しいよ」

皮肉でもなんでもなく、楽しそうにムラトはそんなことを言うが、アルトゥは自分が恥ずかしくてたまらない。

「あなたを……信じていなかった、ことになります」

アルトゥを都から逃し、自分の友人のところに匿わせてくれ、最後には賊との乱闘に飛び込んで命を救ってくれたこの男を……自分は信じていなかった。

それが何よりも恥ずかしい。

「いや……でもそれは、さ」

ムラトは頭を掻いた。

「そうやって人を騙すのが、ある意味、俺の仕事でもあるわけだから。俺はそういう汚れ仕事のようなことをこれまでにもだいぶやってきたし……そういうことに俺の、西の血が入っているこの見かけが役立つんならそれでいいって……まあ、そう思えるくらいに、あの王に惚《ほ》れ込んでるってことだな」

王に惚れ込んでいる。

草原をまとめるという偉業を成し遂げた、あの王を。

それくらいムラトは……外見はどうあれ、魂は草原の男だということだ。

アルトゥと同じように、あの王が誘《いざな》う、この国の行く末に期待しているということだ。

「それに」

照れくさそうに、ムラトは片頬で笑う。

「俺もあえて説明しなかったから。その……あんたを都から遠ざけたのは……もちろん、親父さんの関係であんたに危険が迫っていたのは確かだけど、放っておくことができなかったのは、完全に俺の、個人的な理由だったから」

アルトゥははっとした。

確かに……アルトゥを逃がすというのは、ムラトの「任務」ではなかったはずだ。

むしろ、ムラトが身軽に動き回るためには、足手まといですらあったはずだ。

「個人的な……」

理由とは、何か。

それを聞くのが、どうしてか怖くてアルトゥが口ごもると……

「まあ、惚れた弱みだな」

あっさりとムラトが言い……アルトゥは、自分の耳がどうかしたかと思った。

惚れた……弱み？

惚れた？

かっと、耳が熱くなる。

「あなたが……私を……？」

「それくらい、とっくにわかっていると思ってたんだがなあ」

ムラトが困ったように笑う。

それは……何か、特別な好意のようなものがあるような気もしたが……自意識過剰だという気もしたし……だいたい、そもそも……

「だって……あ、あのときだって……」

ムラトが「慰める」と言ってアルトゥを抱いたときのことを思い浮かべると、顔が火照《ほて》る。

「特別な約束とかは、何もない、って……」

いや、そうは言わなかったかもしれない。

アルトゥの最初の男になったからといって、責任を取れとは言わないとかなんとか、ふざけた言い回しだった。

けれどそれは、「特別な関係になる気はない」と言ったのと同じことだ。

「だって」

ムラトに、悪びれた様子はない。

「ああでも言わないと、あんた、逃げ出して行きそうだったから」

それは……事実だ、とアルトゥは思った。

ムラトが何か……二人の間に約束が欲しいようなことを言ったら、きっと自分は逃げ出していただろう。

「……特定の、誰かや何かに……縛られるのが怖い。それは俺も同じだったから、わかる」

ムラトはじっと、アルトゥの顔を見つめている。

その視線が温度を持ってアルトゥの中にじわじわと入り込んでくるように感じる。

「草原の人間は定住地を持たないからこそ、意外と特定の居場所みたいなものを求めるんだと、俺は思っていた。だから、あんたを見たときに、驚いたんだ。まるで檻《おり》に捕らわれたけものみたいに絶望的な目をしながら、今いる場所に必死に自分を合わせようとしているみたいに見えたから」

その言葉は、アルトゥの胸に、真っ直ぐに刺さった。

檻に捕らわれたけもの。

以前確か、「罠《わな》にかかった動物みたいに、諦めきった目」とも言われた。

そんなふうに……本来いるべきではない場所に、必死に自分を合わせようとしている。

自分でも、常に「居場所はここではない」と感じてはいたが、それがムラトの言葉で、はっきりと自覚できる。

「あなたはどうして……そんなに私のことが、わかるんですか」

震える声でアルトゥが尋ねると、ムラトはふっと笑った。

優しく、穏やかに、包むように。

「俺たちは本質のところで似ていると思うし……それと、言ったろ？　惚れた相手だから」

どこまでも直截《ちょくせつ》なムラトの言葉を、今は不愉快には感じない。

だが……アルトゥには納得しかねるものがある。

「あなたは……ユルーには……馬を並べる関係になりたい、と……」

それは「惚れた」とどう違うものなのか。

ムラトは不意打ちを食らったように目を丸くし、それから笑い出した。

「ああ、それを知ったから、急に冷たくなったんだ」

「わ、笑い事では……っ」

「いや、ごめん」

ムラトはなぜか嬉しそうに目を細めている。

「あれは、本気じゃなかったんだ。ユルーとドラーンの関係を、少しかき回してやりたくなったただけなんだ。申し込んでも断られるとわかっていたから申し込めた……もちろんユルーに好感は持っていたけど、惚れたっていうのとは違う。あのときの俺はなんとなく『馬を並べる関係』っていう言葉の上面に憧れてた感じで……応じられたらたぶん、困ったと思う」

応じられたら困るような申し込みを、断られるとわかっていたから、した。

いい加減な男だ、と思いながらも……アルトゥは腹を立てることができない。

それよりもどこか、ほっとしたような気持ちの方が強い。

ユルーに……「惚れた」わけではなかった、という言葉が。

「アルトゥ」

向かい合って座っていたムラトが、ふいにアルトゥを呼んで、身を乗り出した。

顔と顔が、目と目が、近付く。

「わかってる？　あんた、妬《や》いてくれたんだ」

妬く……嫉妬した……？

「なっ」

否定、しなくては……したい……けれど。

どうしてこの男は、アルトゥ自身がわからずにいるアルトゥの心を、こんなに簡単に言葉にすることができるのだろう。

そうだ。あの気持ちは確かに……嫉妬だったのだ。

だが、それではまるで、自分がムラトを……

まだ、自分自身の心の奥底にあるものを認めかねているアルトゥに、ムラトがさらに言葉を重ねてくる。

「あんた、何も感じなかったか？　あのとき。都を逃げ出して、二人で馬を並べて駆けたとき……俺との間に、何も感じなかったか？」

アルトゥははっとした。

そうだ。

あのとき、アルトゥは不思議な感覚を覚えた。

常にムラトの存在を傍らに感じ……すべてから解き放たれた喜びを感じ、二人の呼吸さえもぴったりと合っていると感じ……

このままこの男と馬を並べて、世界の果てまで行けたなら、と。

確かにあのとき、アルトゥは感じたのだ。

「……ムラトも……？」

戸惑いながら尋ねる、アルトゥの声がわずかに震えた。

ムラトが頷く。

「あれがどれだけ特別なことだったか、俺にはわかる」

そうだ。

あんなふうに馬を並べて駆けて……あんなに特別な感覚を共有できる相手など、他にいない。

それが「馬を並べる関係」なのかどうか、それもわからない。

だが、そんな言葉すら必要ない、特別な相手なのだということは、わかる。

「アルトゥ」

また、ムラトがアルトゥを呼ぶ。

優しく……そして、どこか物騒な甘さを秘めて。

「俺はずっと、後悔していたんだ」

何を……？

アルトゥの瞳に浮かんだ戸惑うような問いに、ムラトが答える。

「あのとき、あんたがはじめてだって知ってたら、もっと優しく大事に抱いたのにって」

かっとアルトゥの頰が熱くなった瞬間、ムラトの手がアルトゥの後頭部に回り、ぐいと引き寄せるようにして、深々と口付けた。

優しく、大事に。

それは嘘《うそ》ではなかったが、アルトゥにとっては、焦《じ》れるような行為だった。

口付けながら、部屋の隅に押し込んであった布団を片手で器用に広げ、その上にアルトゥを押し倒すと、ムラトはアルトゥの衣服を一枚ずつ、ゆっくりと脱がせていった。

襟元《えりもと》を緩めては首や喉《のど》に口付け、あちこちの紐《ひも》を解いて緩めながら手を潜り込ませて素肌を探る。

袖口から手を入れて手首、肘、二の腕を撫でながら這《は》い上がってくるムラトの手が、脇の敏感な部分に触れそうになってゆっくり引き返していくのが、もどかしい。

ようやくムラトの手が、アルトゥの服の前を開いた。

露《あら》わになった胸を、ムラトが目を細めて見下ろす。

「ここ……この間、ちゃんと触れなかった」

そう言いながら、指先で喉元に触れ、鎖骨をなぞり、そして肌の感触を確かめるようにゆっくりと移動してくる。

アルトゥは、恥ずかしい、逃げ出したいという思いと、やるならさっさとやってほしい、という思いで引き裂かれそうだ。

しかし同時に、ムラトの手の動きが気持ちよく、心地よく、そして温かいとも思う。

だが、ムラトの指先が片方の乳首に触れた瞬間、

「んっ」

何か、びりっとした刺激が走った。

指先でくすぐるように弄《いじ》っていた指が、ぴん、と乳首を弾《はじ》く。

「あ……っ」

思わずのけぞった胸に、ムラトが顔を伏せた。

反対側の乳首を舌先で舐めくるみ、そして唇で包み、吸う。

この間は、そんな場所は弄らなかった。

はじめての刺激が、紛れもない快感に通じているとわかり、アルトゥは少し怖くなる。

直接的に性器を握って射精するのではなくて……こんなふうに乳首を弄られ、吸われ、腰の奥がむずむずとしてくるのは、落ち着かない。

「ん、んっ……んっ」

声が甘く上擦《うわず》ってくるのが恥ずかしく、アルトゥが手の甲を口に当てて耐えていると、

「見て」

ムラトが言い、思わず自分の胸を、見てしまう。

「あ……っ」

指で弄られていた方の乳首は赤くなってぴんと尖《とが》り、舌と唇で弄られていた方は、ふっくらと体積を増し、唾液に濡れて光っている。

「こんなに可愛《かわい》くてきれいなところ、この間は見られなかったんだな」

ムラトは含み笑いをして、そんなことを言う。

「あと、どこが好きなのかな」

ムラトはそう言って、アルトゥの腹の辺りに顔を伏せて、肌に口付けを落としていく。

ムラトの長い髪が敏感になった乳首の上を擦っていき、それすらもどかしい刺激になる。

臍《へそ》を舌でくすぐり、掌《てのひら》で脇腹や腰骨を撫で、アルトゥの全身を確かめていくムラトの動きが、アルトゥの全身を火照らせていく。

「腰、浮かせて」

ムラトのそんな言葉にも、素直に従ってしまう自分が信じられない。

下穿きを脚から抜かれて、アルトゥは一糸まとわぬ姿となった。

「きれいだ……おそろしく、きれいだな」

ムラトがため息をつくように言って、アルトゥの全身を眺める。

その視線すら熱を持っているようで、アルトゥの体温がぐっと上がる。

そのムラトはまだ服を着たままで、態度にも余裕があるのがなんだか悔しい。

「あなた、もっ」

アルトゥは上体を起こし、ムラトの服の合わせ目に手をかけた。

紐を解こうとするがうまくいかない。

この間も確かそうだった。

「どうして……こんな固結びにっ」

「落ち着け、草原のと、結び方が違うんだ」

あやすようにムラトが言って、アルトゥが引っ張っていたのとは反対側の端を引くと、するりとほどける。

そのまま無造作に、ムラトは着ているものをすべて脱ぎ捨てた。

その胸板の厚い逞《たくま》しい身体に、アルトゥは思わず息を呑んだ。

水浴びの時にちらりと見たきりだったが……こんなにも男らしい、美しい筋肉のついた身体をしていただろうか。

肩から胸にかけて明るい色の豊かな髪がはらりと落ちかかり、どこか……異国の神像のようだ、とアルトゥは思った。

そして、引き締まった腹から続く下腹部には、髪と同じように明るい色の叢《くさむら》から、堂々としたものがすでに勃《た》ち上がっている。

アルトゥの腰の奥が、ずくりと疼いた。

あれを……この前、自分の中に、受け入れたのだ。

と、ムラトの腕がアルトゥに伸びた。

アルトゥの身体を抱き寄せ……抱き締める。

「あ……」

アルトゥの喉から、甘えるような声が洩れた。

全身にムラトの体温を感じる。

何にも邪魔されることなく、肌と肌が重なっている。

なんという安心感と、なんという高揚感。

「……いいだろう？　こういうの」

ムラトがそう言って、笑みを宿した瞳が近付き、また唇が重なる。

肉厚の舌が入ってきて、アルトゥの舌の縁をなぞるように舐め、絡め、舌の根がつきんと痛むくらいに吸い上げる。

ぞくぞくする。

口付けているだけなのに、全身に熱が巡り、頭がぼうっとしてくる。

ぎこちなく口付けに応えながらも、アルトゥは、この唇と舌が好きだ、と感じた。

と、唇が離れ、ムラトがアルトゥの身体を再び布団に押し倒す。

「ここ、もうこんなだ」

腹を撫で下ろした手が、アルトゥの性器に触れた。

「んっん」

アルトゥは身を竦《すく》ませた。

もう……痛いくらいに勃ち上がっていたことに、今、気付いた。

「あ……あ」

ムラトの手がゆるゆると扱《しご》く。

もどかしい。

そうではなくて……もっと……

腰がもじもじと動くのを見てムラトがふっと笑い……

アルトゥの脚の間に身体を入れ、膝《ひざ》を両側に倒した。

そのまま顔を伏せ、アルトゥのものを口に含む。

「あ——！」

アルトゥはのけぞった。

熱い。

手でするのとはまるで違う。

濡れて熱い場所に包まれて、おそろしく気持ちがいい。

腰骨の奥がきゅうっと痛んで、あっという間に達してしまいそうだ。

「だ、だめっ……っ」

アルトゥが思わずムラトの髪の間に指を入れてそう言うと、ムラトは顔を上げた。

「なんで？　この間、してくれただろう？　はじめてだったのに」

そ、それはそうだが。

あのときは、なんとか自分もムラトをいかせなくてはいけないと思い……そういう方法もあることを知識としては知っていたからだが……今となると、無知ゆえにおそろしく大胆なことをしたのだと、恥ずかしい。

「だから、俺も」

ムラトはそう言ってまた、顔を伏せた。

片手で根元を軽く握り、口の粘膜で包み込んでから、すぼめた唇で扱き上げる。

「ああ、あ、あ」

アルトゥは悲鳴に近い声をあげた。

舌が幹に絡みつく。

尖らせた舌先が先端をこじ開け、中まで入ってこようとする。

張り出したところの縁をぐるりと舐められ、先端を舌で擦られる。

こんなふうにされたら、たまらない。

「やっ……あ、あっ……だめ、だ……あああっ」

あっという間にアルトゥは追い上げられ、あっさりと放っていた。

ムラトの……口の中に。

「……はっ……あ、あっ」

荒い息が収まらない。

興奮は収まるどころか、熱い塊がどろどろと腰の奥に渦巻いている。

ムラトも、アルトゥに一息つかせる気などないらしく、アルトゥの膝を摑んでさらに押し広げ、胸の方に倒した。

「あ――」

恥ずかしい場所がすべて、ムラトの目の前にさらされる。

ひくり、と後孔がひくついた。

そこへムラトが顔を寄せ……ぬるりとした感触に、アルトゥはぎょっとした。

唇と舌……だけではなくて。

アルトゥ自身が放ったもので、そこを濡らしている。

信じられないくらいに恥ずかしいことをされている、と思いながら……身体は、アルトゥの精をまとった舌が自分の中に押し込まれるのを、たやすく受け入れている。

舌とは違う固いものも入ってくる……指、だ。

ムラトの、節の太い長い指が自分の中に入ってくるのを想像すると、ぞくんと身体が震えた。

指の腹が内壁を擦り、押し広げ、小刻みに抜き差しされる。

その、指を受け入れている肉の輪を、舌が丹念に舐めしゃぶり、蕩《とろ》かしていく。

「んっ……ん、っ」

声が止まらない。

指が増え、さらに奥まで押し込まれる。

その指をもっと奥へと誘い込むように、自分の中が蠕動《ぜんどう》しているのすら、わかる。

「すごい……こんなに、やわらかくなるんだ」

ムラトが抑えた声音で言った。

「この間と全然違う」

はじめてだからとか、二度目だからとか、そういうことではないのは、アルトゥにもわかっていた。

「や、あっ」

心が……身体だけでなく、心が、ムラトを受け入れようとしているからだ。

ムラトの前に、身体も心も開いているからだ。

指の抜き差しがアルトゥの快感を引き出していく。

だが……これではない、これでは足りない。

「おねが……はや、くっ」

何を口走っているのかわからないままに、アルトゥはねだっていた。

「ん……俺も、もう」

ムラトの声とともに、じゅぷっと音を立てて、指が引き抜かれた。

身体を起こし、アルトゥの腿《もも》を抱え直したムラトが、アルトゥの目を見つめる。

凶暴な欲望の熱を点《とも》した、それでいて甘く……優しい瞳。

自分を、求めてくれている……そう思うだけで、アルトゥの胸が熱くなる。

「力、抜いてろ」

ムラトがそう言って、切っ先をアルトゥのそこに押し当てた。

押し付けられ——広げられ——踏み込まれる。

息を詰めそうになるのを堪え、なんとか呼吸をすると、息を吐くごとに、ムラトの熱がじわりと中まで入ってくるのがわかった。

それでも、きついのはやはり、きつい。

「そう……うまい、ちゃんと覚えてたんだな」

ムラトが片頬を歪《ゆが》めるようにして微笑み、アルトゥの腹を掌で撫でる。

掌の熱で、腹の奥がとろりと溶けたような気がした。

同時に中がひくついて、ムラトのものをやわらかく締め付ける。

「んっ」

ムラトが眉を寄せ、唇を噛んだ。

「くっそ……そろそろ、我慢の、限界」

そんなムラトの声と表情が妙に艶っぽく見えてどきりとする。

「我慢……する、なっ」

それでも口から出てきたのはそんな、愛想も色気もない言葉だったのだが、それに反応してムラトのものがぐっと体積を増した。

「あ……っ」

ずくり、と中が疼く。

ムラトが……自分の中をいっぱいに満たしている。

征服されているようでいて、自分がムラトを包み、抱いているような……胸が痛くなるほどの、幸福感。

——わかった。

「す、きっ……っ」

アルトゥの唇から声が零れ出た。

「ムラト、が……好き……っ」

向かい合うのが怖くて、ずっと言葉にすることを避けてきた、自分の気持ち。

「うん、知ってた」

ムラトが呻《うめ》くようにそう答えたかと思うと……アルトゥの上に上体を倒すようにして、アルトゥの腰の後ろに片腕を差し込み、ぐっと抱えた。

腰が浮き、繋がりが深くなる。

「うっあ……っ」

のけぞったアルトゥの喉に、ムラトが噛みつくように口付ける。

そして、容赦なく、腰を動かし始めた。

ぐいぐいと中を広げるように、押し、突き入れる。

かと思うと、張り出した部分で内壁を抉るように引いていく。

「あ、あっ、あ、あああああ」

その動きに翻弄され、アルトゥはムラトの思うままに声をあげる。

アルトゥは手を伸ばし、ムラトの首に抱きついた。

長い髪をまさぐっていると、ムラトの手も、アルトゥの頸《くび》の後ろで髪を縛っていた紐を解き、黒い細絹の髪がはらりとばらける。

汗で湿りだしていた互いの素肌に、互いの髪が張り付く。

アルトゥはわき上がる欲求のまま、自分からムラトに口付けた。

深く舌を差し入れてみる。

ムラトの舌が荒っぽくアルトゥの舌を迎える。

唇の間から唾液が零れるような激しい口付けを繰り返しながらも、ムラトはアルトゥの中を、激しく、甘く、貫き、抉り続ける。

「んっ……んっ――あ、あああっ」

信じられないくらいに深いところを突かれ、アルトゥはのけぞった。

唾液の糸を引いて、唇が離れる。

もう、だめだ。

頭の芯《しん》が白く煮えて、自分の中にいるムラトの熱のことしか考えられなくなる。

それが与えてくれる、快感のことしか。

「あ、あ、あ……もっ、う……っ」

「いくっ……っ」

ムラトの絞り出すような声が耳に届いた瞬間、アルトゥの意識がふっと宙に浮いた。

時間も空間もすべてが失われ、ムラトと自分だけが存在している場所へ、飛ぶ。

真っ白になった意識がふわっと戻ってきた瞬間、アルトゥは、自分の中にムラトの熱がどくどくと叩きつけられているのをはっきりと感じていた。


上体を起こしたムラトが、椀から水を飲む。

そのまま、仰向けになったアルトゥに顔を近寄せ、唇をつける。

流れ込んできた水を、アルトゥは飲み干した。

冷たい。

唇から溢れて喉元に零れていくのすら、肌に冷たくて気持ちいい。

追いかけるように、ムラトの唇がアルトゥの喉につけられ、水を舐め取る。

一度身体を重ねたあと、同じ椀に口をつけたことが「今さら」という感じで、意外に平気だったのを、アルトゥは思い出した。

それどころか今は、口移しに呑まされた水が、甘い。

ムラトは片肘をついて自分の頭を支え、優しい目でアルトゥを見下ろした。

「……あれ、なんなんだろうな」

あれ、とは何を意味しているのか、アルトゥにはわかった。

ムラトも同じように感じたのだ。

「ええ……なんなんでしょう」

達する瞬間の、あの、時間も空間も失われるような感覚。

あれは……知っている。

ムラトと馬を並べて駆けたときに感じたのと、同じものだ。

全く同じではないが、同じ種類のもの。

「駆けているときに、実際にいっちまうわけじゃ、ないんだ」

ムラトが考え込むように言った。

「だけどどっちも……あんたとだけ、感じられるもの。あれは……心でいく、みたいな感じなのかな」

そう、言ってみれば……馬を並べて感じる高揚は、魂の絶頂、とでもいうようなものなのか。

「あれは……いわゆる、馬を並べる関係の人たちが、感じることなんでしょうか」

「どうなんだろう。そうかもしれないし、違うのかもしれない」

ムラトが考え込みながら、そう言う。

それでも……自分とムラトが、特別な結びつきを得たのだ、ということはアルトゥにもわかっていた。

「私たちは……じゃあ」

馬を並べる関係になったのだろうか、と言葉にすることをアルトゥは躊躇った。

二人はそういう関係になったのだと周囲にも打ち明け、何かあれば二人は一組として扱われ、アルトゥという名前とムラトという名前は常に結びつけられる。

そういうことを、自分を望んでいるのだろうか。

そう思いながらムラトを見上げると、ムラトがさらりと尋ねた。

「俺のこと、好きだよな？」

「ええ」

それははっきりと自覚した。

するとムラトは、アルトゥの目を覗き込むようにして、言った。

「だったら名前なんか、つけなくてもいいんだ」

「……え？」

戸惑うアルトゥに、ムラトが微笑む。

「名前をつけると、なんていうか……俺たちの関係が草原の考えの中に縛り付けられるような気がするんだ。あんたもそう感じているんじゃないかな」

アルトゥははっとした。

ムラトはやはり……その軽い雰囲気の下に、鋭い考え深さを秘めている。

そしてその考え方は……アルトゥと、似ているのだ。

「草原の人間から見ると、俺たちはそういう二人に見えるのかもしれない。だが、『馬を並べる』なんて言葉を知らない東や西の国々では、別の言葉で表すのかもしれない。だから言葉なんて、必要ないんだ。俺にとってはあんたの心があるところが居場所だし……あんたにとっては」

「ムラトの心がある場所が……私の、居場所……?」

そうだ。

ムラトの言葉が、なんと、胸にしっくりとくることだろう。

求め続けていたのは、具体的な「場所」ではなく、心のありかだったのだ。

それを見つけた二人の関係を表す言葉も、何かの約束も、必要ない。

互いの心が、互いを想い合っていると感じていられるなら。

ただただ……自分とムラトにとっては、互いが特別な存在なのだと……その事実があるだけでいいのだと思うと、心が解き放たれたようになる。

自分たちは、自由なのだ……心だけは。

だが身体は、この世のしがらみの中にある。

「このまま二人で……どこかへ行ってしまえたらいいのに」

我知らず、アルトゥは呟いていた。

「見たことのない世界を見に、行けたらいいのに」

「そう思いながらも、自分の義務を捨ててはいけない、と思ってるだろう？」

ムラトが尋ね……アルトゥは頷く。

すべてを捨てて出奔する、という決意など、できない。

自分にはセルーンの側仕えという仕事があり……セルーンに必要とされ、それを誇らしいとも思っている。

草原の世界を嫌っているわけでもなく……馬に乗って草原を駆けることを愛している。

それなのに、どこか知らないところへも行きたい、と思っている。

「私はどうしてこうなんでしょう」

思わずアルトゥがため息をつくと……

「そりゃ仕方ない、そういうふうに生まれついたんだから」

こともなげにムラトが言ったので、アルトゥは驚いてムラトを見た。

「生まれついた……？」

「そう、馬ばかりの世界にたまたま大きな翼を持った鳥として生まれてきてしまったら、そりゃ、飛びたいと思うのは当然だ」

そんなふうに考えたことは、一度もなかった。

たまたま翼を持って生まれてきてしまった、などとは。

「俺も結局そうなんだよ」

ムラトが苦笑する。

「だから、一つところに留まれない。草原を愛しているし、王を尊敬していて王のために働きたいと思っているし、魂は草原の人間だと思っているのに、草原に留まっていられない。それを俺は……半分西の国の血が流れているせいだと思っていた。でも、完全に草原の人間であるあんたという人が同じように翼を持っているのを見つけて……血のせいじゃない、たまたまそういうふうに生まれついただけなんだって思うことができた」

そう言ってムラトは、いとおしげにアルトゥの髪をすくい、指に絡める。

「それは俺にとっても救いなんだよ」

低いその声が、アルトゥの胸を震わせた。

ムラトにとっても、自分の存在が救い。

そしてその言葉がそのまま、アルトゥの救いにもなる。

だったら自分も……居場所を定められないと思いながらも、自分という存在と折り合いをつけて生きていくことができるのかもしれない、という希望に繋がるからだ。

「いつか……いつの日か、私を連れて行ってくれますか」

アルトゥは真っ直ぐにムラトの目を見て尋ねた。

何年後でも、何十年後かでも構わない。

いつか二人で、大きな翼を持った一対の鳥のように、ムラトが知っているどこかへ、そしてムラトがまだ知らないどこかへ、世界の果てまでもともに飛んでいけると……そう思えるだけで、自分は、今いる場所にいられる気がする。

「ああ、どこへでも。西の塩沙漠へでも、北の山の向こうへでも、一緒に行こう」

ムラトがそう答え……そして、顔を近寄せてくる。

「だが今は……もう一度、心だけ、遠くへ飛んで行ってみたいな」

二人の身体が繋がり、高みへ飛んでいく、あの瞬間を……もう一度。

そう思っただけで、アルトゥの腰の奥がずくりと疼く。

「……行きましょう」

自分の声音が欲望に掠《かす》れるのを感じながらアルトゥは答え……

再び、二人の唇が、そして肌が、重なった。


「アルトゥさん」

ダランが、セルーンの支度部屋を整理していたアルトゥを呼びに来た。

「セルーンさまがお呼びです」

ダランも、先日のセルーン暗殺事件のときに功のあった一人として下働きから一段引き上げられ、アルトゥの補佐役になっている。

「セルーンさまはどちらに？」

アルトゥが尋ねると、

「それが……王のお居間なのです」

ダランも少し戸惑ったように答えた。

王の居間。

ということは……セルーンだけでなく、王も、アルトゥに用があるということだろうか。

こんなことは滅多にない。

「……わかりました」

アルトゥは頷いて、部屋を出た。

王の私室とセルーンの私室は真ん中の寝室で繋がっているが、そこを通り道にするわけにはいかないので、廊下に出て大回りをしなくてはいけない。

中庭に面した明るい回廊を行くと、要所要所には顔なじみの衛兵がいて、アルトゥを見ると慇懃《いんぎん》に頭を下げる。

アルトゥもまた、セルーン暗殺事件の際に、身を挺《てい》してセルーンを庇った存在として知られるようになっている。

事件の首謀者であった刑部大臣は獄に繋がれ、刑部大臣を裏から操ろうとしていた西の国にも、王は正式に抗議を申し入れた。

西の国も、この王を侮るべきではないと学んだらしく謝罪の使者と貢ぎ物を送ってきたので、当面はそれで両国の関係は、緊張を孕《はら》みながらも落ち着いている。

戦になってもおかしくなかった状況を、外交で抑えた王の手腕は草原の民からも支持され、王都が戦場になることはまずないとわかって商人たちも押し寄せ、王都は活気に溢れている。

アルトゥの父は旧都の守備隊長に降格されて去っていき、兄は東の国境警備という厳しい場所に妻子を連れて赴任していった。

父の威光の届かない場所で懸命に任務を果たせば、いずれ都に戻れる機会もあるはずだ。

そしてアルトゥは、以前と変わらぬ日々を送っている。

ムラトはあれからすぐに、王の命令でまたどこかへ出かけてしまった。

そして相変わらず、ここが自分の本当の居場所ではない、という想いはふいにアルトゥを襲う。

ムラトとともに「どこか」へ行けるのは、遠い先のことだろう。

ムラトと一緒にいるときには、何年でも待てるような気がするのに、ムラトが側にいないと、どれくらい待てばいいのか、と苦しい気持ちにもなる。

こうしてセルーンの側仕えに戻れたのだから、そんなことを考えるのはセルーンに申し訳ない、とも思うのだが……

一度夢を見てしまうと、その夢を現実にしたいという欲に囚《とら》われてしまうのだろうか。

そんなことを考えながら王の居間に続く通路に入ると、衛兵がさっと槍の穂先を真上に上げた。

「どうぞ」

アルトゥが訪ねるという話は通っているのだろう。

こういう連絡の良さは、複雑に幕屋を連ねていた仮王都と格段に違うところだ。

「アルトゥです」

そう名乗って扉を開けると、部屋の中では、王とセルーンが寛いでいた。

部屋は石敷の床に絨毯が敷かれ、背の低い床几《しょうぎ》がいくつか配され、王とセルーンは並んで腰掛け、王の手元には茶の椀がある。

「お召しにより、伺いました」

アルトゥが頭を下げると、王が頷く。

「わざわざ呼び立ててすまないな」

「王と一緒に、あなたに話したいことがあったんです」

セルーンが言葉を添える。

なんの話だろう、とアルトゥが少し緊張していると、セルーンが尋ねた。

「アルトゥは、今の仕事に満足していますか？」

「もちろんです」

何を今さら、と思いながらアルトゥは言い、そしてふと不安になる。

心の奥底にある「どこかへ行きたい」気持ちを、悟られてしまったのだろうか。

「セルーンさまこそ……私に何か、ご不満がおありでしょうか」

アルトゥがおそるおそる尋ねると、セルーンは慌てたように首を振った。

「まさか。私がどれだけアルトゥを頼りにしているかは、アルトゥが一番よく知っていると思っています」

その言葉は、アルトゥが本心から嬉しいと思うものだ。

だが……セルーンは言葉を続ける。

「実は、私はアルトゥを、もっと他のことで、頼りにしたいと思っているのです」

「他の……?」

アルトゥが戸惑っていると、セルーンは王と、ちらりと視線を合わせ、またアルトゥを見た。

「私は以前から、私の目や耳の代わりになってくれる人がいればいい、と思っていました」

目や耳の代わりとはなんだろう、と思いながら、アルトゥは言葉の続きを待つ。

「私は、常に王の側にいることが自分の在り方だと思い、それが私の喜びでもあります。でも、草原の国が東西の国々と深い関わりを持つようになった今、私の立場や考えを理解した上で、そういう東西の国々を歩き、私に報告してくれる存在が必要だ、と思うようになりました」

アルトゥの鼓動が、わずかに速くなった。

セルーンの目として、耳として……セルーンのために、外の国を見る存在。

それは……

「私にとっての、いわゆる『密偵』と呼ばれている者たちのような存在だな」

王が傍らから言葉を添えた。

王の密偵。

何人か存在する、王の目や耳となって外の国々へ行く存在。

もちろん、ムラトがその一人だ。

「でもそれは、ある意味過酷な仕事です」

セルーンが再び言葉を引き取った。

「草原の人間で……草原を長く離れて、風俗も習慣も全く違う場所へ行くことを望む人間は少ないものです。でも……あなたは、そういう異国に興味がある人だ、と聞きました。それは本当ですか？」

いったい誰が、セルーンにそんなことを伝えたのだろう。

考えられる人間は、一人しかいない。

鼓動がさらに速まるのを感じながら、アルトゥは頷いた。

「はい」

「以前から、あなたには、私の側仕えで終わるのではない……もっと何か大きな仕事がふさわしいのではないかと感じていたのです。私の側仕えは、他の人でも務まります。あなたには、あなたにふさわしい場所があるのではないかと、ずっと考えていたのです」

セルーンの言葉に、アルトゥははっとした。

そういえば以前セルーンに「今の仕事以外に望みがあれば、遠慮なく言ってください」と、そう言われたことがある。

そのころからセルーンは、アルトゥにふさわしい仕事は他にあるのではないか、アルトゥ自身にも、他の望みがあるのではないかと、考えていたのだ。

さすが、王が選んだ人。

王と同じように、人を見抜く力を持っている人なのだ。

「あなたなら、私が何を見聞きしてほしいのか、わかるはずです」

セルーンがそう言って、真っ直ぐにアルトゥを見る。

何を見聞きするか。

政治向きのこと、軍事的なこと……それらは、王の密偵が見聞きするだろう。

それを補佐する立場としてのセルーンが望むのは……

「民の暮らし、民の考え……でしょうか」

アルトゥが静かに答えると、セルーンの顔がぱっと輝いて王を見る。

「ね？　ソリル、アルトゥにはわかっているでしょう？」

セルーンが人前で、王を名前で呼ぶのは滅多にないことで、セルーンが自分に心を許してくれている証《あかし》のようで、アルトゥは嬉しくなる。

「なるほどな」

王がセルーンに頷き、またアルトゥに視線を向ける。

「私の密偵たちは、一人で行動する者と、二人組で行動する者がいる。後者は、片方に何ごとかあったときに片方が助けるとか、片方が現地に留まって片方が報告に戻ってくるとか、さまざまな場合が想定される任務で、ムラトにはそういう仕事が多い。だから以前から、一緒に組んでもよいと思える相手を選べと言ってあったのだが、なかなかこれという相手がいなかったようだ。一人、気の合った者はいるが、彼は彼で東の国境に置いておきたい人物なので、常に組ませるわけにもいかず……しかし」

王がまたセルーンと視線を合わせ、ふっと微笑んだ。

こんな顔を王が見せるのも、珍しい。

だがそれよりもアルトゥには、王の言葉の続きが気になる。

「アルトゥなら、相棒として組んでもいい、とムラトが言ってきたので……アルトゥの意見を聞こう、ということになったのだ」

やはり……！

ではムラトが、一緒に組んで異国を旅する相手として、アルトゥを指名したのだ！

「それを聞いて、私も、なるほどと思ったのです」

セルーンが微笑む。

「王の直属としてのムラトと、私の目や耳の代わりとなってくれるアルトゥが、二人組になれば……どれだけの働きをしてもらえることか、と」

アルトゥは、半ば呆然《ぼうぜん》として、王とセルーンの言葉を嚙み締めていた。

いいのだろうか。

こんなことがあって、本当にいいのだろうか。

堂々と、異国を見ることができる。

それが、セルーンと王のために、草原の国のために、働くことにもなる。

しかも……ムラトと一緒に。

「まずはムラトと話し合ってみて下さい。正式な返答は、その後に」

セルーンはそう言ってくれるが、考える必要などないような気もする。

それでもセルーンの気遣いはありがたい。

「ムラトは……今、王都に戻っているのですか？」

「どこかそのへんにいるはずだ」

王が答え、都の中でも所在が曖昧な風来坊をやっているのか、とアルトゥは呆れた。

「では、ムラトを探して、話して参ります」

「今日はこのまま王宮を下がっても大丈夫です」

セルーンもそう言葉を添えてくれ、アルトゥは二人に頭を下げて王の居間を出た。

衛兵たちがいる回路を戻り、人気のない廊下にさしかかったところで……一人の男を見つけた。

軽く脚を交差させ、腕を組んで、柱に凭《もた》れている。

頭には布を巻き付け、その顔には、悪びれない笑みを浮かべて。

「ムラト！」

アルトゥは驚いて駆け寄った。

「どうして……」

「王があんたと話す間、どっかそのへんで待ってる、と言っておいたんだけど」

けろりとしてムラトが言い、アルトゥは吹き出した。

どこかそのへん、というのはそういうことだったのか。

「もう……驚きました」

「で？」

ムラトが、アルトゥの顔を覗き込む。

ムラトのその、決まり切った返事を待っている顔が、なんとなく憎らしい。

「もっと……先の話だと思っていました。あなたと旅をするのは」

数年後か、数十年後か、と覚悟をしていたのだ。

ムラトはにやりと笑った。

「俺が、そんなに待てない。あんたは待てるのか？」

——待てるわけがない。

待たなくてもいいのなら、待つ気など、さらさらない。

二人で翼を広げて世界の果てまでも飛んでいけるものなら、今すぐ大空に飛び立ちたい。

「行きます……あなたと一緒に。連れて行って下さい」

ムラトの目を真っ直ぐに見てそう答えると、ムラトの目が嬉しそうに細くなり……

「ああ、行こう」

優しくそう答えると、ちらりと左右を見て誰もいないのを確かめると、アルトゥの頬を両手で包む。

「美しい……金のアルトゥ。あんたは黄金の鳥だったんだな」

金を意味するアルトゥの名に、ムラトはそんな、新しい意味を与えてくれる。

だがアルトゥにしてみれば、明るい色の髪をなびかせたムラトこそ、黄金の鳥のように思える。

その翼は力強く、まだ飛び方を知らないアルトゥを導いてくれることだろう。

ムラトは微笑んだ。

「ではこれが、ともに旅をし、ともにどこまでも駆けていく、約束だ」

そう言って、顔を近寄せてくる。

こんな場所で、王宮の中で、仕事中なのに……と一瞬アルトゥの頭を駆け巡った考えはたちまちちりぢりにどこかへ飛び去り……

ムラトの唇を、どこか厳粛な思いで、アルトゥは受け止めた。

夜話

夜のとばりの中で、ムラトが頭に巻いた布を解いていく。

薄地の布は驚くほど長く、彼の長い髪をうまいこと巻き込んでしっかりと丸められており、解くときには逆方向にくるくると回していくと、明るい茶色の髪が見事に零《こぼ》れ出すのを見るのが、アルトゥは好きになっている。

そういえば……と、ふと感じた疑問が唇から零れ出た。

「その布には何か、意味があるのですか……?」

「え?」

解いた布を畳んでいたムラトがちょっと眉を上げてアルトゥを見る。

「話したこと、なかったっけ?」

「ええ」

アルトゥが頷くと、ムラトは軽く笑った。

「じゃあもしかして、今はじめて疑問に思った?」

「……そうかもしれません」

ムラトの頭には西の国の風習として布が巻かれているものだと、頭の布込みでムラトなのだと思い込んでいて、疑問にも思わなかったのかもしれない。

「これはさ」

ムラトは布団に横たわっているアルトゥの傍《かたわ》らにあぐらをかいて座り、言った。

「自分が死んだときに、これで身体を包んでもらうための、布なんだ」

アルトゥは思わず言葉を失ってムラトを見た。

ムラトの目は、そんなアルトゥの反応を楽しむかのように笑っている。

「驚くだろ？」

アルトゥは少し考え、頷いた。

「ええ……でもそれはもしかして……それだけの覚悟を持って旅に出る、という意味なのでしょうか」

「おや。草原の人間で、それを言い当てたのはあんたがはじめてだ」

ムラトは真顔になって瞬きをした。

「まあ、そういう感じ。大昔、そうやって自分の葬式用の布を頭に巻いて危険な旅に出かけた男がいて、無事に帰ってきた。それから、そんなふうに覚悟を持って出かければ無事に帰れるっていう、まあ、お守りみたいなものになったらしい」

お守りとして……長い時間の中で習慣になっていった、ということなのか。

「では……人前で髪を見せない、ということにはどんな意味が？」

アルトゥが、布を解いた状態のところに訪問して、ムラトが慌てふためいていたことを思い出して尋ねると、ムラトはちょっと照れたように笑う。

「それはまあ……この布は、無事に家に帰り着いたときに、家族の前でだけ解くってことになってるから、家族以外に見られるのはなんていうか……縁起が悪い、って感じかな」

それも、長い時間をかけて、そういう意味になっていったのだろうか、とアルトゥが思っていると……

「おい、わかってる？」

ムラトが悪戯《いたずら》っぽくアルトゥの頬を指先でつついた。

「俺はあんたの前では、平気でこの布を解いて髪を見せる……ってことの、意味」

「あ」

アルトゥははっと気付き、赤くなった。

家に帰り着き……家族の前でだけ解く……つまりムラトは、アルトゥのことを、そういう存在だと言ってくれているのだ。

「すみません、ええと、わかります」

「わかったなら、そろそろ布団の中に俺を入れてくれるかな」

アルトゥは自分だけが寝支度をして布団に入り、ムラトを待っている状態だったことに気付き、また赤くなって——

慌てて捲った布団にムラトが辷《すべ》り込んでくると、すぐに腕が伸びてきて、優しくアルトゥの身体を抱き寄せた。

あとがき

このたびは「金の比翼は世界の彼方に」をお手にとっていただき、ありがとうございます。モンゴル風民族ＢＬ、なんとあっという間の四冊目になります。

前作のあとがきに「あるかもしれない、あったら嬉しい四冊目」と書いたときには、実はほぼ、このお話を書かせていただけることは決まっていたのでした……（笑）！

これも、読者のみなさまのおかげです。本当にありがとうございます。

今回は「永遠《とわ》の二人は運命を番《つが》う」に出てきた、ムラトが攻めになります。

そして「草原の王は花嫁を征服する」の二人も出てきますので、その二冊と併せてお読みいただくと、よりお楽しみいただけるのではないかと思います。

受けのアルトゥは、私の書く主人公としては少し珍しい、ツンデレ美人さんです。

明るくて包容力のあるムラトには、これくらい面倒くさい受けの面倒を見てもらうといいのではないかと（笑）。

そして、ムラトは両足で草原と西の国をまたいで立っているようなスタンスなので、これまでの、草原という閉じた世界での「馬を並べる関係」という言葉にとらわれない関係を築く二人になっていくのだと思います。

今回も、イラストはサマミヤアカザ先生です！

草原の男たちはあまり服装や髪型に変化がないので申し訳ないと思っていたのですが、今回ようやく、少し違うタイプのビジュアルの攻めを描いていただけて嬉しいです！

サマミヤ先生が、私の中の草原世界をとても具体的に魅力的にしてくださって、本当にありがたく思っております。

担当さまにも、今回もまたお世話になりました。

またご縁がありましたらよろしくお願いいたします。

メールをいただく時間を見ても、いったいいつ寝ているのかしらと心配になるのですが、どうぞあまり無理をなさらず、今後も末永くよろしくお願いいたします。

そして、この本をお手にとってくださったすべての方に、深く感謝申し上げます。

コロナ禍の出口も、なんとなく見えてきたような気がしますね。

もう少し頑張りましょう。

お手紙等、とても嬉しく拝見しております。

とても励みになりますので、よろしければ編集部宛に感想などお送りいただけますと幸いです。

それでは、また次の本でお目にかかれますように。

夢乃咲実

✦初出　金の比翼は世界の彼方に……………書き下ろし
夜話……………………………………書き下ろし

夢乃咲実先生、サマミヤアカザ先生へのお便り、本作品に関するご意見、ご感想などは
〒151-0051 東京都渋谷区千駄ヶ谷 4-9-7
幻冬舎コミックス　ルチル文庫「金の比翼は世界の彼方に」係まで。

幻冬舎ルチル文庫

金の比翼は世界の彼方に

2022年3月20日　第1刷発行

✦著者　夢乃咲実　ゆめの さくみ

✦発行人　石原正康

✦発行元　株式会社 幻冬舎コミックス
〒151-0051 東京都渋谷区千駄ヶ谷 4-9-7
電話 03(5411)6431[編集]

✦発売元　株式会社 幻冬舎
〒151-0051 東京都渋谷区千駄ヶ谷 4-9-7
電話 03(5411)6222[営業]
振替 00120-8-767643

✦印刷・製本所　中央精版印刷株式会社

✦検印廃止

ISBN978-4-344-85023-1　C0193　Printed in Japan